Tiara Label

ティアラ文庫

過剰な寵愛

若き王太子殿下のオレ様なプロポーズ

しみず水都

presented by Minato Shimizu

JN267374

プランタン出版

目次

※本作品の内容はすべてフィクションです。

第一章　傲慢《ごうまん》な騎士

石畳のほこりっぽい街道を、馬車が走っている。

臙脂《えんじ》色の車体に銀色の縁飾りが施された瀟洒《しょうしゃ》な馬車だ。身分の高い者が乗っているのがひと目でわかるその中では、若い女性の声がしている。

「ハルスラス王国が見えてきたわ！」

「なんて豊かな緑でしょう！」

「これこれ、物見遊山《ものみゆさん》に来たのではないですよ。それに、見えてから国境までまだまだあります。ハルスラスは大きな国だからね」

はしゃいだ空気を掠《かす》れた老女の声が咎めた。

「だって五日も馬車に揺られていたのですもの。しかも周りは荒地や岩山ばかり。たまに宿を取れる町に着いても いつも深夜で……」

真っ暗な闇は恐ろしいばかりで、何も見えなかったのである。

「やっと心弾む風景になったと、レラ侍女長さまは思いませんか」

二人は口を揃えて訴えた。

「まったく。侍女のお前たちの心など弾まなくてよろしい。それよりも」

レラ侍女長が厳しく答え、白髪をお団子に結い上げた頭を回す。正面にいる侍女二人から自分の横に視線を移動した。

「姫さま、ソフィア姫さま！　窓の外をご覧なさいまし、ハルスラス王国が見えてまいりましたよ！」

隣で書類と睨めっこをしているソフィアに声をかける。しかし、まったくそれが耳に入っていないのか、ソフィアは顔も上げず書類を見続けていた。

「姫さま！　ソフィアさま！」

もう一度レラ侍女長が声を上げた。

「少し待っていてちょうだい。ここの設計が不安なのよ。石の重さで水路の橋脚《きようきやく》が歪んだら大変だわ」

ソフィアは顔を上げもせず、書類に計算式のようなものを書き込んでいる。

「姫さま。あちらに着いたら、それはお止めになってくださいましよ」

言いながらレラ侍女長は腕を組む。

「ええ。わかっているわ。今だけだし、あと少しなの！」

書類をパラパラとめくり、計算を確かめながら返した。

「こんなことで、ちゃんと務まるのかしらねえ」

レラ侍女長は、はぁっと大きなため息をついて肩を落とす。

「でも……やはりソフィア王女さまがお気の毒ですわ」

「そうですわよねえ。お妃さまになられるのならまだしも……」

二人の侍女が暗い顔でつぶやいた。

「それは仕方のないことだと、何度も説明してありますでしょ。そもそも、姫さまがさっさとお相手を決めて結婚なさってくだされば、このような話が舞い込んでくることもなかったでしょうに……」

レラ侍女長は悔しげな視線をソフィアに向ける。

「わたくしとて、贅《ぜい》を尽くした婚礼のお支度をして、立派な隊列を組み、大行列で嫁入りさせてあげとうございました。それがこんなことになろうとは……」

手で顔を覆い、さめざめと泣き始めた。

書類から顔を上げたソフィアは、レラ侍女長に呆れ顔を向ける。

「いったいこれで何十回目かしら？　もしかしたら百回を超えているかもしれないわね。いつまで同じことを言うの？」

「でも姫さま……」

「わたし、もともとお嫁に行く気はないわ。ハルスラス国王の妃ではなく、妾《めかけ》になるという条件だから承諾したのよ。レラが泣くことではないわ」

わからずやねとつぶやきながら、ソフィアは苦笑する。

「妃になるより妾がいいなんて、わたくしには理解できません！」

レラ侍女長が叫んだ。

「どこの姫君よりも美しくて聡明な姫さまは、わたくしの自慢、誇りでございます。我がロウール王国の品格に見合う大国にお輿入れされる日を、姫さまがお生まれになられた日からずっと楽しみにしておりましたのに……」

顔を手で覆ったまま左右に振る。

「品格って……我が国は破産寸前なのよ。贅沢な婚礼の支度や豪華な隊列なんて、無理に決まっているでしょう？　それに、そのようなものは無駄だわ。わたしの嫁入りのためにお金を使うより、その分は弟《マルス》の婚礼や城の修理に回せばいいのよ」

王太子が妃を娶《めと》る際は相応の費用をかけなければならないが、王女の自分には必要ないと言い切る。

ソフィアはロウール王国の王女である。二歳下に王太子となった弟がいるので、将来王位を継ぐことはまずない。有力な臣下に降嫁するか、友好国の王子に嫁ぐのが普通だ。しかしどちらも選ばずに、大国であるハルスラスで国王の妾になる道を選んだのである。

「あんな、財力だけが自慢の年老いた王の妾になられるなんて、代われるものなら、わたくしが代わって差し上げとうございます！」

最後は涙声になりながらレラが叫んでいだ。

「侍女長さまがお代わりになられても……」

侍女たちが微妙な表情で顔を見合わせる。レラは老女と言って差し支えない年齢なので、二十五歳の王女の身代わりを務めるのは無理だ。

「そんなに嘆くことはないわ。たった三年間ハルスラス国王の愛妾をやれば、我が国に水源から水路を三本も引くことが出来て、そのうえ弟のマルスが胸を張って婚礼を挙げられるだけのお金が手に入るのよ。一年で水路一本、三年で三本に報奨金として弟の婚礼が付く仕事だと思えば、安いものだわ」

ソフィアは軽やかに笑った。

「水路などと姫さまのお身体をお引き換えになさることが、わたくしには納得できません。どうして国王陛下はこのお話をお受けになられたのでしょう。ご承諾なされた姫さまも姫さまです」

レラ侍女長は笑顔のソフィアを恨めしげに見る。

「そうですよねえ。ソフィアさまなら、もっといいお話がありそうですわ」

「お歳は少し召しましたけど、お美しいですものねえ」

侍女の言葉を聞いて、レラ侍女長はキッと目を吊り上げた。

「二十五歳など、まだまだお若くていらっしゃいます！」

「そ、そうですわよね」

その剣幕に押されるように侍女がうなずく。

「というか、姫さまは二十五歳にはお見えになられませんし……。それに、国土開発に精通していらして、ロウール王国有数の土木建築家でいらっしゃいますものね」

もうひとりの侍女がレラ侍女長に言う。

「その点も問題でした。姫さまがお若く見えるため、結婚はまだ早いとおっしゃる言葉をつい長年信じてしまい……国の整備事業に没頭しすぎているのをお止め出来ず、気づいたらこんなお歳になられていて……。姫さまのお嫁入りが遅れたのは、わたくしのせいでもありますわ」

　さめざめと涙ながらに後悔の言葉を口にする。しかし、そんなレラ侍女長の話をソフィアはまったく聞いていないようだ。

「計算結果が出たわ！　この方法で建設すれば橋脚は安心ね。えっと、あとは補修用資材の保管場所を設置するには……」

　ソフィアは別の書類を鞄から取り出す。

「この調子で長年やられてしまった結果がこの事態だというのに……！　もうお止めになられてくださいまし！」

　叱責の声を発して思わず睨んでしまう。

「レラ、静かにしてちょうだい。ここは王宮ではないのよ。狭い馬車の中におまえの声がキンキン響いてたまらないわ」

　ソフィアが睨み返しながらたしなめた。

「わたくしは口惜しいのでございます！」

「あのね、我が国は水利がすごく悪いのよ。現在使用している水路はどれも古くて、しかも修理や建て替えが必要なものばかり。近い将来水不足による飢饉《ききん》に襲われる危険性が高いの。レラもわかっているでしょう？」

ソフィアはレラ侍女長の目を見ながら説明する。

「それは、そうでございますが……」

「きちんとした水路を引けば、農産物の収穫量もずっと増えるわ。そうすれば国民の生活は楽になるし、マルスの婚礼も盛大に挙げられるでしょう？　国にとって、安定した収穫と王太子の婚礼の方が、王女のわたしの嫁入りなどよりずっと大切よ」

そのためにも今は、水路の費用を工面しなくてはならないのだと強調した。

「はい……さようでございますが……」

レラ侍女長は悲しげに目を伏せる。

「悲しまなくても大丈夫よ。三年後には帰国して、ロウール王国をもっと豊かな国にするわ。父王さまも、帰国したらわたしの好きにしていいと言ってくださったもの」

今まではソフィアに対して嫁に行けとうるさかった。しかし、三年も愛妾をさせられた王女を娶ってくれるいい嫁入り先などありはしない。

国のために身を投じるのだから、帰国後はソフィアの希望通りにさせてくれるという約束なのだ。

「三年間あそこで我慢すればいいだけだわ」

馬車の窓に目を向ける。

「あら……！」

窓の向こうに広がる景色を目にして、ソフィアは群青色《ぐんじょう》の瞳を見開いた。

「なんて美しい緑なの……」

ハルスラス王国の国境地帯に広がる緑の森が、馬車の窓いっぱいに広がっている。

「ですからわたくしたちが先ほどから申しておりますわ」

「ずっと前から見えておりましたのよ」

ソフィアの向かいに並んで座っている二人の侍女が、苦笑した。

「え、ええ、そうだったわね。……でも……あんなにすごいとは、思わなかったわ」

窓に顔をくっつけて景色を見回す。こんもりとした森は緑の城壁と化して左右の地平線に伸びていた。ここからあれだけ大きく見えるということは、どの木もかなり高いと推測される。

このあたりは乾燥地帯なので、あそこまで樹林を育成するとなったら大規模な水利施設があるに違いない。

ハルスラス王国の国力がどれだけ大きいか、それだけでもわかる。

（あれだけの金額を支払えるだけあるわ）

水路三本分と王太子の婚礼費用というのは、結構な額だ。一国の王女を、戦の捕虜《ほりょ》でもないのに妾として慰み者にするのだから、当然といえば当然なのかもしれないが……。

好色なハルスラス国王の妾という惨《みじ》めな境遇だ。いやらしい老人に身体を弄《もてあそ》ばれると想像しただけで、ぞっとして鳥肌が立つ。

でも、今更逃げるわけにはいかない。

(とにかく三年間よ)

すでに届けられている前金で水路の一本目は着工しており、弟の婚礼支度もじきに始まる。ロウール王国の王太子妃となるのは、海辺にあるドワリス王国の第一王女だ。彼女と縁組することにより、内陸のロウール王国は沿海諸国に繋がりが出来て、貿易の幅が広がる。そうなれば更に豊かになるだろう。

三年後は自分も帰国できる。そうしたら国土開発以外の事業にも携《たずさ》われるはずだ。嫁入り前の王女のする仕事ではないと、父王や宰相たちに咎められることもなくなり、堂々とやれる。

そのためなら、三年間耐えられるはずだ。

(た、耐えてみせるわ)

ソフィアは覚悟を決めるように、大きく息を吐いた。

国境に到着し、国境警備員に身分を告げると、巨大な鉄門が開かれた。門をくぐると、入国管理の担当官という者が小走りにやってくる。

「ロウール王国のソフィア王女の馬車ですね。あの向こうにある入国管理塔へ至急行ってください！」

塔のある広場を示し、出来るだけ急ぐようにと急《せ》かされた。

王女の一行に対して敬意のある態度とは思えないが、公式の訪問ではないし目的は国王の妾になることだ。このくらいの失礼は仕方のないことなのだろう。

広場に到着すると、馬車の扉がいきなり開かれた。

「おい、おまえたち降りろ！」

男の声が傲慢に命じる。

扉の向こうには、黒髪に黒い革鎧を纏《まと》った騎士がいた。

「と、突然扉を開くとは、なんと無礼な！　しかも、こんな場所に姫さまを降ろすなど、言語道断です！」

レラ侍女長が憤慨《ふんがい》した。

「国王の妾をするために、貧乏国から来た姫君だろう？」

扉を開けた騎士が嘲笑を浮かべて言い返す。

「んまあっ！」

二人の侍女も目を吊り上げたが、騎士の顔を見て固まった。

艶やかな黒髪と深みのある緑色の瞳を持つその騎士は、とても美しい顔立ちをしていたのである。

若い美貌の騎士というのは、侍女たちの憧れだ。彼女たちの夢は、城勤めで出会った立派な騎士や楽士、有能な文官《エキユイエ》などと結婚し、幸せな家庭を築くことである。レラ侍女長のように結婚に縁がなく、侍女長になるまで城勤めを続けている者もいるが、大半は結婚退職をするのだ。

しかし、騎士は侍女たちには目もくれず、ソフィアを見つけると緑色の瞳でじっと見つめてくる。

（な、なに？）

ソフィアがびくっとすると、ふっと口の端を上げて笑った。

「ちゃんと本人が来たようだな」

どうやら王女本人が来たかどうか確認しに来たらしい。

「とにかく降りて、向こうにある馬車に乗り換えろ」

騎士が顎で外を示した。王女に対してとは思えない、更なる無礼な態度である。

「乗り換える？」

ソフィアは怪訝な顔で問い返した。

「王宮に乗り入れる馬車に怪しい物を仕込まれていては困る。……というのは建前で、そんなみすぼらしい馬車で来られたら、国王が軽んじられていると思われてしまう」

「み、みすぼらしいとは聞き捨てなりません。この馬車はわがロウール王国でも最上級の馬車でございますことよ！」

レラ侍女長が騎士に食ってかかった。

「おまえの国では最上級かもしれないが、我が国では従者の隊列もない二頭立ての小さな馬車など、下級貴族の乗り物だ」

黒騎士は片眉を上げて嫌みを返す。

「レラ、言う通り乗り換えましょう」

ソフィアは首を振ってレラを止めると、外を見るように促《うなが》した。

「でも姫さ……」

外に目を向けたレラは、不満を口にするのを止めた。

「なんて豪華な馬車……」

「それにすごく大きい……」

二人の侍女が感嘆の声を漏らす。

扉の向こうには、艶のある黒色の車体に、豪華な金の縁取りがなされた大きな馬車が用意されていた。

車を引く馬も、ソフィアたちが乗っている二頭立ての三倍、六頭立てになっている。

しかも、馬車の前後には、帽子に羽飾りをつけた騎馬隊や歩兵隊が並んでいて、まるで王族の正式訪問のような華やかさだ。

妾といえども国王に献上するのだから、それなりに格式のある扱いをしてくれるということだろうか。

「ああ、乗るのはおまえだけでいい。あとはここにいろ」

ソフィアが馬車から降りると、続いて降りようとしたレラ侍女長を騎士が制した。

「わたくしたちは姫さまの侍女にございます。離れるわけにはまいりません」

レラ侍女長が騎士に目を剝いて反発する。

「あの馬車は侍女風情が乗れるものではない。王族専用だ。どうしてもついていたいのなら、御者《ぎょしゃ》席か天井にしがみつくしかないぞ」

それが嫌なら乗ってきた馬車でそのままついて来い、と騎士が傲慢に命じた。

「レラ、言う通りにしましょう。ここはもう、わたしたちの国ではないのよ」

ソフィアがレラを諭《さと》す。

「ええ。そうでございますね」

さすがのレラも、しゅんとして引き下がる。吹き曝《さら》しの御者席や天井にしがみつくのは、老齢のレラには無理である。

二人の侍女とともに、乗ってきた馬車にすごすご腰を下ろした。

(なんだか、思ったよりも大袈裟なことになっているのね)

少し戸惑ってしまうが、他国の王女を迎えるのであるから、それなりに形式を重んじる必要があるのかもしれない。そう自分を納得させて、ソフィアは茶色い革製の鞄とともに黒塗りの馬車に乗り込んだ。

「その鞄はなんだ？　化粧道具入れにしては武骨だな」

ソフィアに続いて馬車に乗った騎士が、扉を閉めながら質問した。

「化粧品などではないわ。これには大切な書類が入っているの。それより、なぜあなたもこの馬車に乗っているの？」

王族専用なのではないかと疑問の目を向けて訊ねる。

「護衛だよ。何かあった時に侍女よりも役に立つ」

ソフィアの向かい側に腰を下ろした騎士は、問いかけに一瞬動きを止めたが、腕と長い足を組んで答えた。彼の腰には瞳と同じ色の宝石が嵌められ、凝った装飾が施された剣が下がっている。

「そ、そう」

何かあったらレラ侍女長は身体を張ってソフィアを守ってくれるはずだ。しかし、騎士の携えている剣の力には遠く及ばないだろう。

(でも、何かあったりするのかしら?)

この国は大陸にある中で上位の強さを持っている。五年前、長年続いていた近隣諸国との戦に勝利し、広大な国土とゆるぎない地位を手に入れていた。国内情勢も安定しており、内乱が起こりにくいと聞いたことがある。

疑問に思うソフィアを乗せて、馬車が走り出した。

背の高い森を抜け、農地や果樹林などを通り、ハルスラス国の王都を目指す。車窓から見える景色は、ソフィアにとってたいそう興味をそそられるものだった。

ここに来るまでも、通過した国の町をいくつか見てきたが、ハルスラスの風景はどの国の町よりも面白い。

（すごいわ！）

ソフィアは窓に顔を貼りつく程に寄せ、目を輝かせた。

（あの低いレンガの塀はなにかしら？　農業用の用水路のようだわ）

計算された無駄のない土地運用に感心し、新たな発見や疑問が次々と発生する。

しかし……。

（この人、起きてくれないかしら？）

振り向いて馬車の中を見る。

黒髪の騎士は、馬車が走り出してすぐに目を閉じ、寝てしまっていた。いろいろ聞きたいことがあるのだが、質問のために起こすのが憚《はばか》られるほどの熟睡ぶりである。

これで護衛が務まるのだろうかと思うが、それよりも外が気になるので構っていられない。

あとでまとめて聞けばいいから、とにかく見ておこうと再び車窓に貼りつく。しばらく走ると、農地よりも建物が多くなる。町に入ったらしい。

（建物や町のつくりもロウールとは少し違うわ）

基本的なところは同じだが、屋根の傾斜や窓枠の形などに微妙な違いがあった。そんなことも楽しく見ていたのだけれど……。

（あら？）

沿道にいる人々が、手を振っているのに気づいた。

初めは一瞬のすれ違いだったので気のせいかと思ったのだが、家や建物が増えていくにつれて人も増え、その人たちは皆こちらに手を振っている。

豪華な隊列だから珍しくて手を振るのだろうか。もしかしたらこの国では、王族の馬車を見たら立ち止まって手を振らないといけない決まりがあるのかもしれない。

それにしても大勢の人が手を振っていることに違和感を覚える。

「あ、あの、ちょっと起きてくださらない？」

ソフィアは眠っている騎士の膝に手を置いた。すると、びくっと背中を伸ばすように驚いて、騎士は目を見開く。

「な、なんだ？」

素早く剣の柄に手をかけた。

「どこかに怪しい奴でもいたか？　それとも変なビラでも貼ってあったか？」

かなり鋭い視線であたりを見回しながらソフィアに問う。

「あ、いいえ、あの、え、沿道に人がいっぱいいるから、どうしてなのかしらって……」

「沿道？」

ちらりと馬車の窓から外を見る。

「沢山の人が手を振っているの。どうしてかしら？」

ソフィアの質問に、なんだそんなことかというような表情になった騎士は、再び椅子にもたれた。

「外国の王女を乗せた王族の馬車が珍しいだけだろう。なんなら手を振り返してやればいい、喜ぶぞ」

驚かすなと文句を言いながら、騎士は再び腕を組んで目を閉じる。

（もう、この人って護衛じゃないの？）

態度は不遜だし寝てばかりだ。

せっかく目覚めたのだから話くらいしてくれてもいいのにと不満に思いながら、再びソフィアは窓の外に目を向ける。

「すごいわ……」

沿道の人垣が二重三重になっていた。町中とはいえこれだけ人がいるのもすごいと思う。

馬車の進む速度が落ちてきて、人々の顔が流れずにはっきり見える。

（ということは、あちらからもわたしが見えているのよね？）

はっとして髪に手を当てた。馬車を移動したりしたので、少し乱れているような気がする。手で整えていると、ソフィアが手を振り返してくれていると思ったらしい。人々は歓声を上げながら手を振っていた。

「あ、ええ。こ、こんにちは」

髪から手を離して手を振る。

すると歓声はますます高まり、人々の手を振る動作も大きくなった。王都に入ると人々の数は増え、まるで凱旋を讃《たた》えるような雰囲気である。

ソフィアも王女として、ロウール国の王都にある町や近隣の村を訪れることはあるが、こんな風に喜ばれることはない。

水路や国土開発といった事業のことで頻繁《ひんぱん》に街に出没するため、目新しさがなくなったということもあるのかもしれないが……。

（女のすることではないと思われていることもあるかしら）

父王をはじめとして宰相や重臣たちは皆、ソフィアを嫁に行かせようと必死であった。視察に訪れた町や村でも、ご結婚はまだですかと必ず聞かれている。誰もがソフィアの結婚を望んでいたが……。

（ロウールをわたしがなんとかしなくては、誰がするの？）

父王は足腰が弱いので、最近は王宮に籠《こも》りっぱなしだ。王太子である弟は、人柄はいいけれど国土開発などは苦手で大臣任せである。しかも、開発を担当する大臣は高齢で、新しい技術を取り入れることになにかと難色を示す。

それでは近隣諸国に取り残されてしまうし、いつまでも古い物を使い続けているわけにもいかない。

少しずつ刷新し、新しい方法を取り入れなければいずれ大変なことになる。そのことを大臣に意見出来るのは、王女であるソフィアしか今の王宮にはいないのだ。

そしてなにより、ソフィアは国土を開発するという仕事が好きである。

（帰国したらそれが出来る……）

明るい未来に思いを馳せたその時、

「いつまで振っているんだ？　もう誰もいないよ」

という声がしてはっとする。

「あ、あら……」

誰もいない窓の外に向かって、ソフィアは手を振っていた。頬を赤らめて手を下ろすと、あらためて車窓の外を見る。

馬車は大きな門を抜けて石畳の斜面を登っていた。前方に石造りの巨大な建物が見える。尖った屋根を持つ塔が何本も立っていて、石壁は白く輝いていた。

（ここが……）

ハルスラス王国の王城に着いたのだった。


ハルスラス王国の城はこの国の豊かさを誇示するかのように大きい。小高い丘の上に白い建物と塔がいくつも連なっていた。その中でもひときわ大きな建物が、国王が普段使っている王宮である。

ソフィアが通された王宮にある謁見《えっけん》の間は、予想以上に広くて豪華だった。内装は金銀やクリスタルを多用した煌《きら》びやかな仕様で、磨かれた床が黄金色に輝いている。

豪奢な謁見の間の中央に、ソフィアはひとりぽつんと留め置かれていた。レラたち侍女は近くにおらず、あの騎士も馬車を降りたらいなくなっていた。

不安と心細さを覚えるが、命を取られるわけではない。いくら妾とはいえ、ソフィアは一国の王女である。国際問題になりかねないのだから、それほどひどい扱いを受けることもないはずだと自分に言い聞かせた。

（これも国のため、弟のため、わたしの将来のためよ。しっかりしなくては！）

心の中で自分を励まし、毅然として顔を上げた。

（なんて沢山のシャンデリア……）

眩《まぶ》しげに天井を見上げる。謁見の間には、クリスタルのシャンデリアが数えきれないほど下がっていた。

（あのシャンデリアひとつで水門が三つくらい造れそうね……）

つい計算してしまう。

ロウール王国の城は質素で、このような贅沢な調度品はなかった。もしあったとしても、ソフィアが全部売り払い、水路の建築費用にあててしまったに違いないが……。

壁を飾る黄金の鳥と天使像、貴金属と宝石で作られた風景画、目に入る高価な物がソフィアの頭の中で次々と水路や建物に換わっていく。

「まもなく陛下がお見えになられます」

妄想計算に没頭していると、後ろから声がして、はっとした。

（国王陛下が……）

これから自分を三年間慰み者にする相手の登場である。ソフィアはごくりと唾を呑み込み、ドレスの裾をつまんで頭を下げた。

謁見の間の扉が開く音が聞こえる。

続いて、靴音が響いてきた。

（いらしたわ）

緊張が高まる。

「陛下。こちらがロウール王国の王女さまであらせられますソフィアさまにございます」

落ち着いた男性の声がした。

「おお、この者がロウールの王女か。おい、顔を上げるのじゃ」

老人に近い男性の声がソフィアに命じる。

「はい」

ソフィアはゆっくりと顔を上げて、ハルスラス国王を見た。

（こんなに……）

ハルスラス国王の年齢は、ソフィアの父王に近いと聞いていたが、予想以上に年老いていた。

（こんな老人の相手をするの？）

うんざりしたが、致し方ないとすぐに思い直す。

「わ、わたくし、ロウール王国の王女ソフィアでございます。お、お目にかかれて、大変光栄です」

かなり強張ってしまったが、頑張って国王に笑顔を向けた。

白髪に近い銀髪と髭を持つハルスラス国王は、ソフィアの笑顔を跳ね返すような鋭い目で見返してくる。

「そなた本当にソフィア王女なのか？」

怪訝《けげん》な目で国王から質問された。

「はい？　ええ。そうでございます」

ソフィアはきょとんとしながら答える。

「なんじゃ……二十五歳にしては幼いのう」

がっかりしているというのがありありとわかる表情を、国王がソフィアに向けてきた。

「わたしが……幼い？」

（い、いったい何を言っているの？）

国王の言動に首をかしげる。

「わしはもっとむっちりと熟した女がいいんじゃ」

これではダメだと国王が首を振った。

「あ、あの？」

なんだか流れがおかしくなってきた。

「こんな子どものような女ではそそられぬ」

（なんですって？）

国王の言葉に目を見開く。どうやらソフィアの容姿に不満があるようだ。

「熟していない女はいらぬ」

「は？」

（嘘でしょう？）

国王の言葉に耳を疑う。

「陛下。いらぬと申されましても、もう契約は済んでおります」

国王の傍にいた宰相と推測される男が囁いた。

「だが、こんな乳臭い女では楽しめん。がっかりすぎて見るのも不愉快じゃ。解約ぐらいできるであろう？」

国王はむくれて横を向く。

（そ、そんな……解約って……）

予想外のことに、ソフィアは衝撃で固まった。

好色なハルスラス国王は、親子ほど歳の離れた若い娘を喜ぶに違いない、と、ソフィアを含め誰もが思い、疑っていなかったのである。

「そんな！　困りますわ！　わたくしとてロウールの第一王女です。そのような侮辱的な理由で約束を反故《ほご》にされるなど、納得できません」

思わずソフィアは国王に食い下がった。

「そなたではそそられぬのじゃ。仕方あるまい」

つまらなそうにそっぽを向いて国王から返される。

「こ、ここまで来させられて、なかったことにされたら、わたくしは笑い者の傷物扱いですわ」

冗談じゃないと言い返しながら、ソフィアは頭の中で計算を巡らせた。

ソフィアがこの国にやってきたことは、ロウール国内では極秘扱いになっている。しかし、このハルスラス王国では隠してもらえず、近隣諸国にも伝わるかもしれない。

何もされずに国に帰されたなんて、信じてはもらえないだろう。

「もし約束を反故にするのであれば、解約料として前金は返却いたしません」

きっぱりと国王に告げる。ソフィアたちロウール王国側は、すでに前金として三分の一を受け取っていた。

傷物の王女になってしまうのだから、そのくらいの解約料は当然だ。いや、なんとしてもそれだけは受け入れてもらいたい。既に前金を使って一本目の水路は着工しているのである。

（でも、そんなに都合のいいことにはならないわよね……。それならそれでいいから、返済を延ばしてもらえるようにしなくては）

向こうの都合なのだから返済期限くらいは延ばしてもらえるだろう。

当初の目論見の通りにはならなかったが、ハルスラス国王の妾になることなく水路一本分の資金を借りられたのだ。そんな大金を貸してくれるところなど、国内外どこを見ても存在しない。

（なんだか、ほっとしたわ）

国王の顔を見た瞬間から、ソフィアは妾になることを後悔していた。いくら二十五歳で初々しさに欠けるとはいえ、異性を知らぬ乙女である。

初めての相手が父親よりも年上に見える好色王で、これから三年間もの長い時を身体を自由に弄ばれるのは、やっぱり嫌だ。

覚悟はしていたけれど、現実にその相手と会い、その行為を想像すると、気持ちが大きく揺らいでしまった。

迎えに来たあの騎士のような男性ならいいけれど、と、ふと思ってしまって、

（な、何を考えているの。そんなに都合のいいことがあるわけないじゃない。そ、それに、

あんな横柄な人がいいなんて、どうかしているわ）

慌てて心の中で否定する。

（とにかく、もし慰謝料を貰えなくてもロウールに帰ろう……）

これでよかったのだと自分を納得させる。世間知らずで歳だけ取り、二十五歳になった王女に、妾になって身体を売るなど難しすぎる仕事だったのだ。

しかし……。

「面倒だのう。それじゃあジェラルドにくれてやるわ。それならどうじゃ？」

国王は宰相に提案した。

「ジェラルド王太子殿下に？　なるほど……それなら解約にもならず丸く収まります。良い案でございますね」

宰相はにっこりと笑ってうなずいている。

（な、なんですってえ？）

「お、王太子にくれてやるとは、どういうことでしょうか？」

聞き捨てならない言葉に、ソフィアは慌てて口を挟んだ。

「息子の妾になればいいということじゃ。先ごろ王太子専用の宮殿が完成したばかりだ。広くて綺麗じゃぞ」

白髪交じりの長い顎髭《あごひげ》を撫でながら国王が告げる。

「ジェラルド王太子殿下は半年前十七歳におなりになられ、専用の宮殿を陛下から賜られたのでございます」

「じゅ、十七歳？」

八歳も年下の少年の妾になれというのだ。

「そんなの、契約にはないわ。わ、わたくし、ロウールに帰らせていただきます！」

冗談ではないと立ち上がる。

「契約にはございますよ？」

宰相がにこやかに告げると、国王の横からすすすとソフィアの方に近づいてきた。

「ソフィアさまは、ハルスラス王国の王宮にて王族の愛妾をする、と記されてございます」

この通り、と書類をソフィアにかざして見せる。ハルスラス国王限定ではなく、この王宮にいる王族の妾になるという契約になっていた。なので王太子でも問題ないということである。

「そんな……」

「その他にもこのような取り決めがございます」

書類をめくってソフィアに見せた。

「今回はお会いになられてすぐに陛下がご不満をお持ちになられたので、こちらの責任でございます。ですが、もし閨《ねや》を共にしたあとで陛下が不満をお持ちになられました場合には、そちらの責任になります」

「わたしの責任？　ど、どういうこと？」

「ですから、言葉通りです。その場合、問答無用に契約解除となります」

もちろん慰謝料などは支払われず、ソフィアは国に帰されるという。要するにやられ損になるのだ。

「ひどいわ。そんな契約は不平等すぎます！」

「そなたの父王がそれでも良いと言ったのじゃ」

ハルスラス国王が告げる。

（なぜ父上はそのような不平等な契約を結んでしまったの？）

書類を見つめて愕然とした。ロウール王国の困窮は、ソフィアの予想以上に深刻な状態になっていたのだろうか。ハルスラスから支払われる前金で、当座をしのがなくてはならない程なのかもしれない。

「そういうことじゃから、王太子をわしだと思って心して仕えるのじゃぞ」

さて昼寝でもするかと、ハルスラス国王は大きなあくびをしながら、謁見の間から出て行った。

呆然とするソフィアは、また謁見の間でぽつんと取り残される。

(これはなんなの？　どういうことなの？)

ロウールの王宮で父が、

『ハルスラス国王から、ソフィアをどうしても妾にしたい。三年間でいいからこの金額でどうだと打診された。現在ロウールは水不足による不作で大変な財政難に陥っている。これだけの金があれば当座はしのげるし水路を新設できるのだが、おまえを年老いた王の妾にするわけにはいかぬ』

と言っていた。それを聞いたソフィアは、水路の建設と三年後には自分の好きな道を歩ませてほしいという条件と引き換えに、妾になることを承諾したのである。

(ハルスラス国王は、わたしをどうしても妾にしたかったのではないの？)

理解し難い状況に困惑し、国王の失礼極まりない態度には憤りに近い不快感が込み上げてきた。

拳を握り締めてわなわなと立ち尽くしていると、

「ソフィアさま。わたくしは侍女長をしているミラーでございます。何かございましたら、ご遠慮なくお申し付けくださいませ」

ぽっちゃりとした中年の侍女がやってきて、スカートの裾を摘まんで頭を下げる。

「よ、よろしく、ミラー」

予想外の状況に戸惑いながらも挨拶を返す。

(とにかく落ち着かなくては)

契約が結ばれてしまっている以上、ソフィアは従わなくてはならない。だが、八歳も年下の王太子とどう過ごせばいいのだろう。

自分の弟でさえ、二つ年下の二十三歳だ。最近やっと青年王族の風格が出てきたが、まだまだ頼りない。それよりも更に六つも年下なのだ。少年を相手にどうしろというのだろうか。

考え込んでいると、

「これから王太子殿下の宮殿にご案内いたします」

茶色い髪を頭の両脇でお団子にしたミラーが、ぷくっとしたお餅のような手で出口を示した。

(この王宮はかなり食糧事情がいいみたいね)

ロウールの王宮も、贅沢ではないけれどそれなりに下働きまで不自由なく食べさせているが、太るほど豊富とは言い難い。

そして、まだ中年の若さで侍女長を務めているのにも驚く。

(そういえば！)

「わたしの侍女たちはどこにいるのかしら？」

ミラーに尋ねる。

「ソフィアさまの侍女はわたくしと、あの者たちでございます」

謁見の間の壁に並んで控えている女たちを示して答えた。

「いいえ、そうではなくて、わたしと一緒にロウールからやってきたレラ侍女長を含めた三人よ」

ソフィアの言葉に、ミラーは首をかしげた。

「そのような方々はお見かけしておりません。後ほど宰相さまに確認いたします。とにかく、殿下の宮殿に参りましょう」

謁見の間を閉じなければならないので、急いでくださいと退出を急かされた。

王太子の宮殿は、春の花が咲く広い中庭を挟んだ向こう側にあった。国王が言っていた通り外も中も新しい。とはいえ、謁見の間があった王宮殿に比べると、王太子の宮殿は豪華さや煌びやかさが少ない。

(でも、質素なわけではないわね)

廊下を歩きながらソフィアはこっそり周りを見回す。

柱と廊下は大理石の一級品だ。

絵画や鏡を装飾する額縁も、ゴテゴテと金で飾られていないだけで、それなりにいい物が使われている。

扉の取っ手や照明などは、高価な材料で機能的に作られていた。

地味にいい物を揃えている宮殿内の装飾は、王太子の趣味なのだろうか。しかし彼はまだ十七歳で、少年と言ってもいい年齢だ。

(ということは誰が?)

国王の宮殿は嫌味なほどに華美で、中も外も贅沢品で溢れていた。あそこに住む人々の趣味とここの雰囲気はかなり違っているので、別人が誂《しつら》えたに違いない。

そんなことを考えながら歩いていたら、

「あっ……!」

という声が前方から聞こえた。

(……なに?)

そちらへ目を向けると、国王と同じ銀色の髪を持った少年が、廊下の前方に立っている。大きな水色の瞳を見開いていて、色白の頬がほんのり赤い。金の糸で刺繍《ししゅう》された光沢のある白地の上着と、同じ仕様の下衣を身に着けている。

身分の高い少年であることは一目瞭然だ。

「まあ殿下……!」

というミラー侍女長の言葉にソフィアは、

(この人が王太子なのね……)

期待していたわけではないが、がっかりしてしまう。

少年は予想以上に幼かった。とても十七歳には見えず、どちらかといえば子どものような風貌である。閨の務めなど、出来るとは思えない。

しかし……。

「ここは王太子殿下の宮殿でございます。弟君であっても、気軽に入ってはいけませんよ。サスラス殿下」

ミラー侍女長が王太子とは違う名を口にして咎めたのである。

(弟? ということはこの子が王太子というわけではないのね)

少しほっとした。

「わかっているよ。ちょっと兄上に話があっただけだ。これからは勝手に入ったりしないよ」

サスラス王子は侍女長に口を尖らせて言うと、ソフィアに顔を向けた。

「ロウール王国から来たソフィア王女？」

下から見上げるようにして質問される。

「え、ええ……」

ソフィアは嫌な予感がした。

もし王太子が自分を気に入らなければ、今度はこの王子の妾にされてしまいそうな気がする。

サスラス王子は十五歳にもなっていなさそうだ。こうなると妾というより子守か乳母である。

「兄上を気に入らなければ、僕の宮殿《ところ》に来てよ」

ニコニコと屈託のない笑顔でソフィアを見上げた。

「あなたのところにって……」

やはり悪い予想が当たりそうだ。

とはいえ、ソフィアが王太子を気に入らなければというが、それは逆である。王太子に気に入られなければ、の話だ。自分に選ぶ権利はない。

「殿下！　何をおっしゃるのです」

後ろで聞いていたミラー侍女長が叱責する。

「今はまだ、母上と同じ王宮殿住まいだしあなたより背も小さいけど、新しい宮殿を建ててもらって背もすぐに追いつくから、僕のものになって」

ミラーを無視してサスラスがソフィアの前に進み出た。

（僕のものって……）

銀髪の少年に熱く見上げられて戸惑う。

この少年は自分の言っている意味がわかっているのだろうか。おそらくソフィアより十歳は年下である。

（もしかして遊び相手がほしいのかしら？）

そうかもしれない。ソフィアの弟も一緒に遊びたがったのを思い出す。

遊ぶと言っても、図書塔で見つけた外国の不思議な話を読み聞かせたり、砂や水の色を変えたりする科学実験ばかりで、花を摘んだり馬に乗ったりはほとんどしたことがないが、結構楽しんでいたようだ。

サスラスの相手もそれに近いものかもしれない。

(そんなことで愛妾が務まるなら、悪くないかしら)

なにしろここで三年間、妾として暮らさなくてはならないのだ。少しでも負担のない生活を送れる方がいい。

と考えていたら……。

「ふぉっ！」

サスラスが変な声を発すると同時に、銀色の頭が上昇した。ソフィアの方に、膝や爪先が向けられる。

(えっ？)

サスラスと入れ違うように現れた人物を見て、ソフィアの胸の鼓動が、どきんっと大きく打った。

「あ、あなたは……」

国境から王宮まで一緒に馬車に乗っていた騎士が、サスラスを肩に担ぎ上げていたのである。

「うわ、お、下ろしてえええ！」

手足をじたばたさせて叫んでいる。

騎士はそれを無視して踵を返すと、ソフィアが来た廊下を無言で戻って行く。

「あ、あの……」

後ろからソフィアが戸惑いながら声をかける。

「こいつを中庭に捨てて来るから、先に行って待っていろ」

不機嫌そのものの声音で傲慢に命じられた。

「先に行く？　待つ？」

不可解な言葉に戸惑うが、サスラスを担いだまま、騎士は中庭に向かって廊下を歩いて行ってしまう。

「やだあ！　下ろせえ！」

サスラスが高い声で叫んでいる。

「うるさい。次にこの宮殿に無断で入ったら、崖から投げ落とすからな」

騎士から厳しい言葉が返ってきた。

「兄上のケチ！　顔見るくらいいいじゃないかあ！」

二人の会話が廊下に響き渡っている。

（兄上ってことは……）

「ささ、ソフィアさま、急いで参りましょう」

（まさかあの人が王太子殿下？）

ミラーに急かされて足を進めながら、ざわざわとしている胸をソフィアはきゅっと押さえた。

第二章　年下のご主人さま

「も、もしかしてあなたさまが、王太子殿下でいらっしゃいますか」

居間と思われる部屋に通されたソフィアは入ってすぐのところで立ったまま、椅子に腰かけているジェラルドに問いかける。なぜか彼はものすごく怖い顔をしていた。

「そうだ」

腕を組み、ぶっきらぼうに返される。

「あの、殿下にお伺いしたいことがございまして……」

「殿下じゃなく名前で呼べ。ジェラルドだ。あと、無駄にへりくだって敬語を使わなくていい」

「え？　あの、でもわたしはここに……」

妾として来たのだ。いくら八歳も年下の相手とはいえ、立場をわきまえた言葉遣いをしなければならないと思っている。

「おまえは王女だろ？　侍女と同じような態度を取る必要はない」

「わ、わかりました。ジェ、ジェラルドさま……」

自分を王女として扱ってくれることに、ソフィアはほっとするものを感じた。態度は傲慢だけれど、ジェラルドはそんなに悪い人ではないのかもしれない。

「で？　俺に何を聞きたいんだ？」

「ど、どうして、騎士の姿で国境にいらしたの？」

今は騎士服ではないが、濃紺の丈の長い上着を着用しているので騎士の時と印象は変わらない。

「あの時にも言ったが、首実検だ。王宮に届けられた肖像画と王女が同じかどうか、自分の目で確かめれば間違いはないからな。騎士の姿だったのは、その前に作業をすることがあったのと、目立つと色々と面倒なことがあるからで、国境にいたのは肖像画とは似ても似つかぬ偽者なら即座に国外へ叩き出せるという理由だ」

わかったかという目を向けられる。

「そ、そうですか……」

うなずいてからソフィアははっとした。

「あの、あなたは、十七歳……なのですよね？」

恐る恐る問いかける。

「それがどうした？」

ジェラルドの眉間に皺《しわ》が寄った。

「そんなに若いとは、思えなくて」

確かに顔立ちは若いが、ジェラルドはソフィアよりずっと背が高いし、年に似合わぬ迫力がある。

「おまえも同じだろう？　二十五歳に見えない。俺より年下に見える。だから父上から拒絶されたんだ。あの好色王がいらないっていうのは、珍しいことだよ」

ストレートに言い返された。

「そ、それは……」

自分に色気がないのはソフィアも自覚しているが、こう正面切ってはっきり言われるとがっくりしてしまう。

物心ついた頃から勉強ばかりしていて、女の子らしいことや大人の女性になるための精進をほとんどしていない。

王女だから誰かと競う必要はなかったし、気になる男性なども現れなかった。そういった環境も影響して、色気とは無縁のまま今に至ってしまったのである。

「まあとにかく、父上から払い下げられたのだから、おまえはこれから俺の女としてここで暮らすことになる」

面倒くさそうに言うと、ジェラルドは腰を上げた。

大股で居間の入り口付近に立つソフィアの方に歩いてくる。

(俺の女って……いくら大人っぽく見えるとはいえ、十七歳の少年にそう言われるのはちょっと……)

違和感と抵抗感を覚えているソフィアの前にジェラルドが立った。戸惑いの表情で見上げるソフィアを見下ろし、じっと顔を見つめられる。

「な、なあに?」

美しい緑色の瞳にどきっとした。

馬車の中でも感じたが、ジェラルドはとても綺麗な顔立ちをしている。精悍な美貌を備えた若き王太子という表現がぴったりかもしれない。

こんな雰囲気を持つ男性に出会ったのは初めてだった。ロウール王国の貴族の子弟や外国から来た賓客たちにはない迫力と、強い個性を感じる。

大国の王太子というのは、こうでなければ務まらないのかもしれない。自分の弟もいずれは王位を継ぐのだから、もっとしっかりしてもらわなくてはと考えていたら、ジェラルドに手首を摑まれた。

「あの、……な、なに？」

突然のことに驚くソフィアの手首を引っ張って歩き出す。

「向こうで確認の続きをする」

居間の奥にある扉に向かいながら答えた。

「か、確認の、続きって？　あの、まって、もう少しゆっく……き、きゃあっ！」

大股で歩くジェラルドの歩調についていけず、ソフィアはつんのめってしまった。

（あああぁっ！）

前方に身体が倒れていく。

右の手首をジェラルドに摑まれているため、左手しか床につけない。このままでは変な体勢で床にぶつかると思ったが……。

「っと！」

ジェラルドの声とともに、ソフィアの顔が床に触れるギリギリのところで止まった。

すうっと床から顔が離れていく。

身体が反転し、目に映っていたのが床の大理石から天井とシャンデリアに変わる。

（あ、あら……）

ジェラルドの腕が背中と膝裏に当てられていて、ソフィアの身体を支えてくれていた。

床に足だけついていて、彼の腕を椅子にして座っているような状態になっている。

「済まない。急ぎすぎた。大丈夫か。どこか痛むところは?」

焦った感じで謝罪すると、心配そうにソフィアの顔を見た。

「いいえ、大丈夫。支えてくれてありがとう」

彼の素早い行動と意外に優しい態度に戸惑いながら礼をする。

「そうか」

ソフィアの言葉を聞くと、ほっとした表情に変わった。

今までの傲慢な態度とは真逆の、どこか頼りない表情に、やはり彼は年下なのだと感じる。

しかし、そう思ったのは一瞬だった。

「なんともないなら大丈夫だな」

ジェラルドが傲慢な表情に戻して言うと、ソフィアの背中と膝裏に入れた腕に力を込めて立ち上がった。

「きゃあっ！」

仰向けに抱き上げられて悲鳴を上げる。

「このまま連れて行ってやる」

ソフィアを抱いたまま歩き始めた。

「だ、大丈夫です。自分で歩けます」

不安定な状態もさることながら、物心ついてからこんな風に抱かれたことなどない。しかも相手は年下とはいえ男性だ。

（ど、ど、どうしよう）

心臓のドキドキが頭の中にまで鳴り響いている。頬も耳もかあっと熱くなってきて、どうすればいいのかわからない。

（こんなの、困るわ！）

異性と密着している状況に大きく戸惑う。

「お、下ろしてください」

「また転ばれたら面倒だ」

「強く引っ張らなければ転ばないわ。ゆっくり歩きますから」

必死に訴える。

「そうしたら、いつまでも目的地に着かない」

すぐに却下された。

「着かない？　どこにです？」

「それは……おまえがこれから暮らすところだ」

少し言葉が途切れてから答えた。

(ここではないの？)

自分が暮らすのはこの王太子の宮殿なのではないだろうか。不思議に思っている間に、応接間の向こうにある部屋を通り抜け、更に二つほど部屋を過ぎる。大理石の外廊下を行くと、瀟洒《しょうしゃ》な塔を持つ白くて綺麗な建物に入った。

王太子用の宮殿に併設されている建物で、淡いピンク色のバラが周りを囲み、その根元には薄紫色のラベンダーが揺れていた。

(いい香り……)

バラの華やかな甘い香りとラベンダーの涼やかで上品な香りが漂ってくる。

「ここは？」

建物の中に入ると、贅沢で華やかな空間が広がっていた。今までの機能的な豪華さではない。王太子の宮殿を男性的と例えるなら、ここはかなり女性的と言っていい雰囲気が漂っている。

「俺の寝室を兼ねた妃用の宮殿だ。妃はまだいないので、おまえ用にする」

柔らかなクリーム色の絨毯《じゅうたん》が敷かれた廊下を歩きながらジェラルドが答えた。

（お妃用……だからこんなに華やかなのね。妾として来たわたしが使ってしまっていいのかしら）

少し戸惑うけれど、自分は突然父王から押し付けられたのである。まだ十七歳で妃すら娶《めと》っていないジェラルドに、愛妾用の部屋など用意してあるはずがない。事情を考えればこの状況にもうなずける。

「侍女はミラーたちをつけてあるが、不満があれば取り替えるから俺に言え」

侍女と聞いてソフィアは思い出す。

「あ、あの、わたしの侍女はどこにおりますでしょうか？　レラ侍女長は？」

国境で別れた彼女たちのことを訊ねる。

「おまえの侍女たちは……王宮殿の方で下働きでもしているのだろう」

「し、下働きですって？　まさか水汲みや掃除のようなことを？」

レラ侍女長は若くないので、そういった仕事は辛いはずだ。他の二人の侍女も王女付きの侍女になるくらいにはきちんとした良家の子女である。下女や奴隷がするような仕事をさせるわけにはいかない。

「侍女のことなど俺にはわからないが、仕事はおまえの国にいた時と大きな差はないはずだ」

「そうなの？　それならわたしの侍女はレラたちにしてください」

ソフィアの申し出に、ジェラルドは片眉を上げて少し考えている。

「……わかった。だが、今すぐには無理だ」

「どうして？」

「この宮殿は何代もの王が増改築を繰り返しているため、建物が迷宮のようになっている。不慣れだと迷いやすく、遭難する者も珍しくない。ここに慣れるまでは通常の侍女の仕事は無理だ。それと……」

言葉を切ったジェラルドは、白い大きな扉が両側に開かれた部屋に入った。

「それと？」

「宮殿の内部や王国の秘密を探られたら困る。信用出来ると認められるまでは、おまえにつけるわけにはいかない」

答えながら奥へと進んでいく。

「レラたちは秘密を探るようなことはしないわ」

「その判断を下すのはこちらだ」

「そんな、きゃっ！」

抗議しようとしたソフィアの身体が下に落ちて驚く。お尻と背中にふわんっとした弾力を感じた。

（ここは？）

大きなソファの上に下ろされている。背もたれが貝殻のような形になっていて、両脇に巻貝を模したような肘掛けがついていた。水色の丸い絨毯の上に置かれているので、水辺に浮かぶ貝のように見える。

ジェラルドはソフィアを下ろすと背中を向け、出入り口の方を向くと手を上げた。白い大扉が侍女たちにより閉じられる。

「もちろん、疑いがかけられているのは侍女だけじゃない。おまえもそうだ」

扉が完全に閉まったのを確認すると、ジェラルドは腰を下ろしているソフィアの前に立った。

「わたし？　わたしをスパイだと疑っているということ？」

驚いたソフィアは目を見開いてジェラルドを見上げる。

「当然だ。一国の王女が他国へ王の妾になるためにやってくるなど、普通では考えられないことだろう?」

腕を組んだジェラルドから睨みつけられた。

「それは! わたしの国にはお金がないからよ。水路ひとつ造れなくて困っているの!」

「水路など、王女が考えることではない。嘘をつくにしてももう少しマシな内容を考えてくれ」

情けないとジェラルドが首を振る。

「本当よ。わたしの鞄に設計図が入っているわ」

ソフィアは食い下がった。

「鞄? ああ、馬車の中でごそごそやっていたやつか。あれも怪しかったし、行動も不審だったな。窓の外に見えるものをつぶさに書き留めていた」

「まあ、あなたはあの時寝ていたのでは?」

ジェラルドの言葉に驚く。

「目を閉じていただけだ。護衛なんだから寝るわけがない。おまえが窓にへばりついて調査していたのを、しっかり見ていたよ。国土の情報を他国に売るつもりだったのではないのか」

国境から王都までの情報なら、ハルスラスと敵対している国に高値で売れるはずだと詰め寄られた。

「違うわ！　感心して見ていたのよ。土地の利用や区画整備など、わたしの国で参考にできることがいくつもあったわ。それで書き留めていただけよ。鞄の中を見てもらえばわかるわ。わたしの鞄はどこ？」

ソフィアは訴える。

「鞄は中身を調査中だ。毒物なども含めて危険だからな」

「毒ですって？」

「暗殺を企てるとは思っていないが、麻薬などをこっそり仕込み、意のままに国王を操るという計画を立てている可能性もある」

「そんなことしません！　わたしは水路と弟の婚礼のために、三年間真面目に愛妾を務める覚悟できたのよ。ぶ、侮辱しないで！」

ジェラルドの失礼な発言の数々に、ソフィアは真っ赤になって憤慨しながら立ち上がった。

「そこまで言うのなら、疑いを晴らすために確認させろ」

怒っているソフィアを挑発するかのように言った。

「ええ、いいわ。後ろ暗いことなんて何もないもの。で、何を確認するの？」

立ってもジェラルドとは身長差があるので見上げる形となる。

「身の潔白と、愛妾としての覚悟だよ。まずはその粗末なドレスを脱げ」

「は？」

「ドレスの中にも何か仕込んでいるかもしれないからな」

「仕込んでなんていないわ。それに、粗末だなんて失礼な！」

これでも国賓クラスの招待を受けた時に着用する上等の旅行用ドレスなのだ。

「ゴワゴワした生地には宝石ひとつ縫い込まれていない。王女が着用するには粗末だな。とにかく、何も仕込んでいないのなら脱いで見せてみろ」

再び厳しく命じられる。

「ドレスを脱ぐなんて、そんな恥ずかしいこと出来ないわ」

真っ赤な顔を左右に振った。

「今更何を言っている？　脱がなければ愛妾の務めは出来ないだろう？」

ジェラルドの言葉にはっとする。

「そ、それは……そうだけど……」

困惑しながらうつむく。

「脱げないというのなら、それはそれで不審だから、強制的にこれで脱がすという手もある」

ジェラルドは腰に佩《は》いた剣を持ち上げ、宝石が嵌め込まれた持ち手を摑んだ。

「きゃっ！」

鞘から両刃の剣が姿を現し、ギラリと光る。凶暴そうな刃先を向けられて、ソフィアは恐怖に慄《おの》いた。

「切れ味はいいから時間と手間が省けていいが、少々身体に傷がついてしまうかもしれないな。それでいいならこれを使うが？」

どうするというふうに片眉を上げて、ジェラルドがソフィアに問いかける。

「じ、自分で脱ぎます！」

ソフィアは意を決して、胸元を留めているカメオとレースのリボンに手をかけた。カメオの裏にホックの金具がついている。

小さな鉤《かぎ》型のホックを思い切って外した。

「あ、きゃっ！」

外した途端ドレスの上部が左右に開いてしまう。ホックの下の小さな金具がぷちぷちと音を発し、ドレスの胸元が勢いよくV字型に開いていく。

最上段にある大きなホックを先に外したことにより、ソフィアの胸に押された小さなホックが弾けてしまったのだ。

「これはまた大胆だな」

「や、やぁ……っ！」

慌てて胸を手で押さえる。

（うっかりしていたわ！）

腰のあたりにある小さなホックから先に外さなければならないのを、すっかり失念していた。

この手のドレスは着慣れていないのと、着脱は侍女たちに任せていたせいもあるが……。

（やっぱり新調してくればよかったわ）

十五歳の時にまとめて作ったドレスだった。胸回りが少し窮屈になっていたが、身長や腰回りなどは変わっていなかったので、胸だけならコルセットで締めてしまえばなんとかなると思ったのである。

十年も経てばホックは緩み、生地も弱まるのだろう。下腹部近くまでぱっくりと割れたドレスは、左右の肩から外れて下に落ちていく。ソフィアはソファの前で前屈みになって立ち、必死に押さえたのだが……。

「あ、ああっ！」

袖の部分が両肘に残っただけでドレスは垂れ下り、あっという間にコルセットとパニエという下着姿になってしまった。

「随分と豊満な胸をしているんだな」

辛うじて乳首は隠れているが、コルセットの上部から乳房がはみ出ていた。

「それに、年に似合わぬ可愛らしい下着だ」

ジェラルドが呆れたようにつぶやく。

コルセットもドレスと同じ頃に作ったものなので、その頃の年齢に合わせてフリフリのレースがふんだんに使われていた。

「み、見ないで！」

コルセットの上から胸を押さえていたソフィアは、隠そうとジェラルドに背を向ける。

「見ないと確認が出来ないのだが、まあ、いいか……」

という言葉の後に、

「え、えっ、なに？」

背中から尋常ではない感覚が伝わってきた。

振り向くと、ジェラルドがソフィアに剣を当てている。

「ひっ！」

逃げるまもなく剣は背中を撫でるようにすうっと下がった。

胸を締め付けている感覚が突然消える。

背中や腰やわき腹を外気が撫でた。コルセットを締めていた後ろの紐を、ジェラルドが剣で切ってしまったのである。

「なにをなさるの！」

旅行用の丈夫なコルセットが、戒《いまし》めを解かれてパニエとともに下がって行こうとしていた。

「だ、だめ、こんな！」

慌てて腰のあたりを押さえる。だが、肘に残っていたドレスの袖が落ちてきて、コルセットの重さに加わった。

(そんな！)

逆に重くなって押さえきれなくなり、手からドレスとコルセットが離れ落ちていく。

「い、いやぁぁっ」

ソフィアはドロワと靴下と靴下留めだけという姿になってしまう。

「な、なにをするの！」

ジェラルドに背中を向けたまま、胸を抱えるようにして背中を丸め、抗議の言葉を発し

た。

「怪しいところがないか確認だよ。ドレスの中には、とりあえず変なものを隠してはいないようだな」

ソフィアの足元に山となっているドレスとコルセットを剣の鞘で突いた。

「こんなところで、こんなことをするなんてひどいわ！」

非難の言葉を投げつける。

「ここはおまえの部屋だし、人払いもしてあるのだからいいだろう。それよりこっちを向けよ。これでは顔も見えない」

苦笑しながら剣を鞘に戻した音が響く。

「い、嫌よ、出来ないわ」

それでなくとも半裸で男性の目に晒されていることが恥ずかしくて堪らないのだ。顔や何も身に着けていない胸を見られるのは羞恥の極みである。

「じゃあこのまま確認するぞ。いいな?」

「このまま確認……っ?」

両脇から大きな手が出てきた。ジェラルドがソフィアの背後にいて、左右からそっと触れるように頬を包み込む。

「身体に毒や凶器を隠していることもあるし、おまえが愛妾としてここに住む資格があるのかどうかも、一緒に調べなくてはいけないからな」

「あ……」

顔全体をそっと撫でられ、くすぐったさに身を捩る。若い男性から顔に触れられたのは初めてで恥ずかしかった。

「ふむ……見かけより滑らかだな」

ジェラルドの指先がソフィアの肌の上を滑っている。

「あ……っ！」

彼の指先が唇に触れると、なぜか背中がぞくりとした。

「柔らかい」

くすっと笑ったような気配がして、指先で唇をなぞられる。

「ふ、あ、もう……」

「こら、しゃべるな。おっと」

やめてと言おうとした口に、ジェラルドの指が入ってしまった。

「まあいい。このまま中を探ろう」

「ん……ふ、あ？」

（探る？）

「口の中に邪《よこしま》なものを隠しているかもしれないからね」

「ふ、な、いわ」

そんなことないわと反論しようとしたが、挿れられた指のせいでうまく言えない。

「歯並びはいいな。中は……」

歯列をなぞった指が口腔へと侵入してくる。

「ふ、ぅぅぅ」

長い指先がソフィアの舌を探り当て、絡みついてくる。頭の芯がぼうっとするような感覚に襲われた。

（な……なぜ……）

指を口に挿れられただけなのに、ドキドキが止まらず、びっくりするくらい感じる。異性からの初めての行為だからだろうか。

ジェラルドの長い指に執拗《しつよう》に探られたせいで、唇の端から唾液がこぼれ落ちた。

「ふ、が、あぁ……ぇて」

もうやめてと訴えるが、発音がはっきりとしない。仕方がないから胸を覆っていた手をひとつ外し、ジェラルドの腕を摑んだ。

「摑まれると動かしづらいのだが……まあいい、こちらも同時に点検しよう」

口に挿れていない方の手が、ソフィアの腕が離れた胸へと下りていく。

「ふっ！　うっ！」

すうっと首筋から鎖骨を通り、片腕だけで押さえているソフィアの胸に到達した。押さえていることで膨らんでいる乳房の上部にジェラルドの手が乗せられる。

「いい手触りだな。弾力もある」

左右の乳房の山を確かめるように手のひらで撫でまわされた。

「ほ、なとほろに、かくひへなんかひない」

そんなところに隠してなんていないと訴えるも、言葉にならない。

「隠そうと思えば、ここなどに差し込んでおけるよな？」

乳房の上部を撫でていたジェラルドの指先が、二つの膨らみの谷間に差し込まれる。

「は、あっ！」

（ああだめっ！）

ジェラルドの大きな手が侵入してきたため、片腕で抱えていた乳房の一方が手から出てしまった。

「ふむ、慌てて押さえるからここの間に何かを隠し持っていたのかと思ったが、何もなかったな」

「らから、ひがうって……」

（違うって言っているのに！）

「それにしても、いい形と大きさだな。手にぴったりだ」

乳首も露わに出てしまった乳房を、ジェラルドの大きな手に包み込まれる。

「これは本物みたいだから中に何かを隠すのは無理だな」

ソフィアの肩越しに覗き込みながら、乳房を揉みしだく。

「はふ……う」

淫靡な感覚がもたらされ、恥ずかしさに身悶えた。

「ん？　耳が真っ赤だ」

ジェラルドが目の前にあるソフィアの耳を見て言う。

ぬるっと生暖かく濡れたのを感じた。

「ああっ！」

（そ、そんなところを舐めないで！）

舐められるとゾクゾクし、思わず肩をすくめた。

「耳が感じるのか。いいね。ああそうだ。隠そうと思えばこういう穴にも……」

舌先が耳の穴をつつく。

「あ、はふっ！」

「中には何もないようだが、これもいいみたいだな？」

尖らせた舌先でしっかり点検された。

「ひゃぁぁ」

（もうやめて！）

恥ずかしさとくすぐったさといやらしい熱に困惑し、ソフィアは首を振った。すると、口に挿れられていた指が外れる。

「こら、動くな」

「も……、やめてくだ、さい」

「だめだ。おまえには怪しいところばかりだ。全部確認するまで我慢しろ」

「全部って、いったい……きゃっ！」

後ろからぎゅっと抱き締められて声を上げる。

「こういう穴や、こっちの割れ目なども怪しい」

腹部に回った手が臍《へそ》の穴をつつき、そこからドロワの中に入り込む。

「そんなの、やめて、嫌です！　そんなところに隠してなんかいないわ！」

乙女の恥ずかしい場所を暴こうとしていることに気づき、声を大きくして拒絶した。

「隠していないかどうかはこちらで確かめる」

ジェラルドの無遠慮な手に、ドロワの中を探られる。

「い、嫌、絶対に嫌っ！」

「嫌なら処刑されるぞ」

「え？」

(処刑？　まさか死罪？)

「不審なところばかりなのに、検《あらた》めさせようとしなければ当然だ」

「そんな！　わたしは不審者ではないわ」

声を大きくして抗議する。

「その言葉を信用したいからこそ、すべてを晒して安心させてくれ。頼む」

最後は耳元で囁くようにして頼まれた。

「頼むって……でも……」

「父上の愛妾になる覚悟で来たのだから、それぐらいは耐えられるよな？」

「え……ええ……と……そうだけれど……」

それはそうだがと頭の中で答えていると、ドロワが引っ張られる感じがして下を向く。

「あ、だめ、紐はっ！　あぁっ！」

ドロワを留めている紐をジェラルドが引き、解いてしまった。

戒めをなくしたドロワはコルセットと同じく、ずるずるとソフィアの足元に落ちていく。

「やあぁっ！」

秘部を隠そうと胸を覆っていた手を下げたが、ジェラルドから素早く両腕を抱き取られてしまった。

「やめて！　やっぱり嫌！」

妾になる覚悟で来たけれど、こんなのはやはり嫌だ。

「もう、お金もいらないから帰して！　違約金を支払えばいいのでしょう？」

先ほど宰相が言っていたのを思い出す。よもや死罪になどしないだろう。妾とはいえ王女を死罪になどしたら国家間の大問題である。

「ったく……そう言うと思った。だが、だめだよ」

（だめ？　どうして？）

厳しい言葉が聞こえて目を見開く。

「観念しろ。大人しく従わないと連れてきた侍女が処分されるよ」

「ど、どうして？」

侍女が処分というところでソフィアの動きが止まった。

「すでに王宮についていろいろと案内されているはずだ。それなのに国に帰して、内部の情報を漏らされたら、こちらの命が危険に晒される」

だから処分されるということだ。

「う……」

自分のことだけなら政治的に回避できる自信はある。しかし、侍女たちは違う。処刑されても簡単な賠償で済まされてしまう立場だ。

「大人しく受け入れられるな?」

侍女を盾に取られたら、承諾しないわけにはいかない。

「わかったわ」

ソフィアは観念してうなずく。

(わたしの我儘でレラたちが咎められたら大変だわ。それに、このくらいのこと、覚悟してきたのだから……)

本当なら今頃、あの国王に肌を晒させられていたはずだ。

相手が老獪《ろうかい》な国王ではなく年下の王太子に変更となったせいで、覚悟を決めていたはずの心が揺らいでしまっていた。

しばらくの辛抱だと、ソフィアは唇を噛み締める。

「よもやと思うが、おまえ男とは初めてか？」

ジェラルドの質問にびくっとする。

「そ、そうだけど？」

失礼な質問だが正直に答えた。

「その歳で？　嘘だろう？」

「信じないなら、別にいいわ……」

むっとしながら横を向く。

「まあそれも真相はすぐにわかるだろう」

妾にする相手から拗ねたような態度を取られたというのに、なぜか嬉しそうな声音に聞こえた。

ジェラルドは手のひらでソフィアの腹部を撫でると、軽く臍の穴に指先を挿れた。

「あんっ！」

ちょっと中を探られただけで、強いくすぐったさを感じる。

「ここは大丈夫のようだ。さて下はどうかな……」

臍から下腹部へと手が移動する。

ソフィアの目に、レースの靴下留めと膝上までの絹の靴下だけで、秘部が露わになっている下半身が映った。

（ああ、恥ずかしい）

思わず目を閉じる。

指先が金色の茂みに到達したらしい。そこがもぞもぞする。

「光っている。綺麗だな」

という声が聞こえた。

（ああ、弄られている）

恥ずかしい茂みを撫でたり指先で絡めたりしているのが感覚で伝わってくる。

「意外に薄いから、割れ目もはっきり見える」

妙に楽しそうな雰囲気で、茂みの下へと指を下ろしていく。

（割れ目がはっきりって！）

意味を悟って、こんな卑猥なことを言われるなんて！　と、ソフィアの羞恥心は倍増する。

「あっ！」

二つの包皮の中心にある敏感な芯の先に、ジェラルドの指先が触れた。強い刺激を覚えて身体を痙攣《けいれん》させる。

「ここは感じるところだよな」

くすっと笑う声が耳元でする。

「か、感じてなんか……あ、あっ」

つつくように淫芯に触れられ、強がりを言おうとしたソフィアの言葉を奪った。

「うーん。ここからでは良く見えないなあ。これでは確認出来ない。さて、どうするかな。ちょっと開いてみるか」

心なしかジェラルドの声が弾んでいる。

(開く?)

何をするのかとソフィアが思っていると……。

「き、きゃあ、や、やめて!」

淫芯を覆う両側の包皮をジェラルドが開こうとしている。予想外のいやらしい行為に、ソフィアは狼狽《ろうばい》して声を上げた。

「大人しくする約束だろう? それに、こういう場所ほど隠しやすいからしっかり見ておきたい」

後ろから片腕でソフィアの身体を抱いて拘束し、もう一方の手で淫芯を覆う包皮を開いた。

桃色のつんとした淫芯が露わになる。

「そ、そんなとこ、何もないわ」

顔から火が出そうな羞恥に苛まれながら言い返した。後ろからジェラルドの足が膝の間に入っているため、足を閉じることが出来ない。

「ここには何もないようだ。綺麗な色と形だな」

敏感な芯を指先で潰すように触れる。

「はぁっ。そ、そんな、弄っちゃ、あぁっ、くっ」

強い熱を帯びた快感が駆け上がってきた。初めての感覚に、ソフィアはビクビクと身体を痙攣させる。

「こんなふうに弄るとどんな感じだ？」

「あ、や、んんっ、そんな、熱……ぃ」

指の腹で淫芯を回されると、灼けるような快感が発生した。

「熱いとは？　気持ちよくない？」

ジェラルドの指が執拗に淫芯に絡みつく。

「は、うぅっ、んんっ、か、感じる、から、はずかし……ぃ」

「なるほどね。感じて恥ずかしいわけだ」

「おねが、も、やめ……あぁんっ」

身悶えしながら首を振った。

「声が可愛いから、もう少し聞きたい」

「え？　あ、あぁんっ、や、もう、なかった……の、だから」

何もなかったのだから終わりにしてほしいと喘ぎながら訴える。

「しょうがないな。まあ、こちらをもっとしっかり確認しなければならないからな」

淫芯を弄っていた指がつうっと足の間へと移動した。

「え、あ、はふぅんっ」

乙女の大切な部分の入り口に触れられる。そこから淫らな感覚が伝わってきて、ソフィアは背中を反らせて切なげな息を吐いた。

「ふーん。ここだけでも感じるのか。この体勢だと見えなくて残念だな」

ソフィアの大切な場所をジェラルドの指の腹が往復する。

「はぁ、はぁ、や、ん……んんっ、だ、だめ……」

熱を伴う快感が強くなってきた。

淫芯を弄られた時の刺激的なものとは違う。じわじわと高まり、絡みつくような感じがする。

「おや？」

ジェラルドの指が止まった。

「中から何か出てきた」

（な、なに？）

「濡れてきたということは、かなり感じているということだよな？」

問いかけられ、ソフィアは恥ずかしくて首を振る。

「ち、ちがう……か、感じてなんて、あぁぁっ」

ヌルヌルとした刺激が加わると、更に淫猥な快感が強まった。

「感じてなければこのように濡れないはずだ」

「そ、そんな……こと……」

「じゃあこれは汗かなにかか？　では中を確かめてやろう」

「な、なか？　あ、あぁぁっ」

淫唇を割り、ジェラルドの指がソフィアの蜜壺に侵入する。

「う、くっ！」

軽い圧迫感とともに、強い快感が蜜壺の中に発生した。

「中がヌルヌルだ。やはりここから漏れ出ているじゃないか」

指の出し挿れをして、ソフィアに聞かせるようにくちゅくちゅと水音を立てている。

「う、はぁ、や、はずか……しぃ、んっ、あ、中が……あつい、あぁ」

ジェラルドの指の動きに腰が揺れ、ソフィアははしたなく喘ぎ悶えた。

「その可愛い声で、感じるって言ってごらん」

囁かれながら耳朶を舐められる。耳に当たる吐息にもぞくぞくした。

「あ、ふぅんっ、か、感じ……る……」

初めての感覚に抗えず、言われた通りの言葉を口にしてしまう。

「ここも感じるかな?」

蜜壺に挿れていない方の手に、ソフィアの乳房が摑まれた。指先で乳首を回すように捏ねられる。

「はぁぁっ、い、いぃ、そこも、あんっ」

腕の拘束が解かれても、快楽という戒めに縛られてしまったソフィアは、抵抗することなく喘ぎ続けた。

蜜壺の中と乳首を同時に刺激されると、頭の奥深くまで痺れてしまいそうな快感に襲われる。

「ん、んん、中が、あぁ。熱い……」

「そんなにいいのか？」

ジェラルドがソフィアの耳朶《じだ》を唇で挟みながら質問した。

「いい、なんか、あんっ、ど、どこかへ、行ってしまいそ……」

身体中に快楽が巡り、熱い頂点へと押し上げられていく。

「初めてとは思えぬほど感度がいいな」

という言葉とともに、蜜壺に挿れられていた指がずるりと抜かれた。

「えっ？」

乳房からも手が離れ、与えられていた快楽が突然消えてしまう。

「な、なに。あっ！」

振り向いてジェラルドを見ようとしたが、背中を押されてしまった。身体が前につんのめるように倒れ、目の前に貝の形のソファが迫ってくる。

「きゃっ！」

ソファの座面に膝をつき、背もたれにしがみつく形になった。

「指では届かない奥まで点検するからそのままでいろ」

傲慢に命じる声がする。

（指では届かない奥？）

息を弾ませながらジェラルドの言葉を頭の中で反復していたら、

「ひっ！」

秘部に温かくて硬いものが当てられた。

「なっ、きゃ、あっく！　やぁっ！」

淫唇が強引に開かれていく。

（まさかっ！）

と思ったが、おそらくそのまさかだろう。

背後からなので確認出来ないが、自分の蜜壺にジェラルドが自身を挿入しようとしているのだ。

「や、やめて！　そこは嫌っ！」

顔を引き攣らせて訴える。

「なぜだ？　こんなにぐしゅぐしゅに濡れているのに拒むのか？」

「それは……だけど……」

本能的に拒絶していた。恐怖心もあるし、乙女として守らなくてはいけない場所だと、無意識に思っている。

「拒む理由はないよな？　おまえはこれをするために、ロウールからわざわざここに来たのだから」

ジェラルドの剛棒がソフィアの淫唇をぐいっと押し広げた。

「そうだけど、あっ……あ、い、痛い」

狭いところを強引に広げられ、痛みを訴える。

「痛い？　まあ通常より多少大きいかもしれないが、これだけ濡れていればすぐに馴染むよ」

傲慢な言葉とともにジェラルドの剛棒がソフィアの蜜壺の奥へと進んでいく。

「そんな……く、くるし……ぃ……痛ぁ……ぃ」

言葉を発するのも辛いほどの痛みがやってきた。

「思ったよりも狭いな。濡れ方は十分だが……」

ソフィアの腰を摑み、剛棒を進めながらジェラルドがつぶやく。

「ひぃ……ぃ……」

背もたれにしがみつき、ソフィアは痛みに耐えた。

こんなところでこんなふうに、年下の男から乙女の純潔を奪われるとは予想もしていなかった。だけど、この程度の屈辱は想定内といえなくもない。

（そうよ、わたしは……覚悟してきたのだもの）

これも国のため、水路のため、侍女たちのためと頭の中で唱える。

「……やっと半分まで入った。なんという狭さだ。本当に初めてだったんだな」

意外そうな声が聞こえた。

「う……疑って……たの？　……ひどいわ」

痛みに呻きながらジェラルドに言い返す。

「その歳で、しかも王の妾になるのだから、経験がないなど信じられなかった。でもこれは……そうなんだろうな……」

ぐいっと腰を進めて、ジェラルドは自身をソフィアの身体の奥深くへと埋め込んでいく。

「あぁぁぁっ」

痛みと圧迫と屈辱に苛まれ、ソフィアは背を反らせて声を上げる。

「初めてなら辛いだろう。だが、もう少し我慢してくれ」

ジェラルドはゆっくりとだが確実に、ソフィアの中に自身を埋めていく。

（あ……あ……な、なんて大きいの……）

男性のそれがこんなにも太くて長いことを、ソフィアは初めて知った。

弟が少年の頃に王宮の池で水浴びをしていて、何度か目にすることはあった。だが、それほど大きいとは思わなかった。

　あれから何年も経っているので、弟のも同じくらいの大きさになっているかもしれないが……。

「やっと全部挿入《はい》った。これ以上の痛みはないはずだ」

　ほっとしたような声とともに、強引に突き進んでいた剛棒の動きが止まった。

「はい……った？」

「ああ。おまえの奥まで俺がいるのがわかるか」

　ソファの背もたれにしがみつくソフィアの背後から、ジェラルドが問いながら覆い被さってきた。

「あ……」

「はぁ、いいな。おまえの中は気持ちがいい」

　なぜだか嬉しそうな声で抱き締められる。

「う……く……」

　結合が深まり、奥が刺激された。

「痛むか？」

　耳に優しく問われる。

「い……たくはないけど、苦しい」

太い部分が奥に収まっているので、引き攣れるような痛みは消えてきたが、圧迫感は相変わらず強い。

「初めてだからな。これだけ濡れていれば、しばらくしたら馴染むだろう」

ジェラルドの言葉が耳のすぐ近くから聞こえた。

「あ……っ」

耳に彼の吐息を感じ、刺激に背筋が震えてしまう。

「耳が感じるんだよな。赤く色づいていて美味そうだ」

耳朶を唇で挟まれた。

「あ、ふっ」

「うん。いいね。思った以上にどこも美味そうだ。特にこれは……」

前に回したジェラルドの大きな手がソフィアの乳房を掴む。

「柔らかくて大きくて……」

揉みしだきながら乳首をきゅっと摘まんだ。

「あぁっ！　そこは……」

強い刺激を覚えてソフィアは声を上げる。

「ここ、感じるだろう？　硬くなってきたのが証拠だ」

くりくりと指の腹で回すように弄られた。

「ん……は、恥ずかし……い……」

乳首を弄られて感じていることが、明らかにわかる状態である。そのことを指摘され、羞恥に襲われながら悶えた。

「恥ずかしいことではないよ。感じるのはいいことだ。ああ、ここも色づいてきたね」

ジェラルドに弄られた乳首が硬く勃起している。彼の指の間から見え隠れするそれは、濃いピンク色に染まっていた。

「ああ、なんて……」

自分のはしたない反応が恥ずかしい。

「後ろ向きでなければ、一緒にこれを味わえるのに残念だな」

もう一方の乳房も摑まれ、同じように乳首を摘ままれた。

「あ、ああ、だめ、ふたつ一緒は……んんっ」

伝わってくる快感が強くなり、ソフィアは首を振る。

「一緒にすると、もっと感じていいだろう？」

「んっ、だ、だから、だめ、あんっ」

刺激が強すぎて、どうしていいのかわからない。

「じゃあひとつに戻すか……」

残念そうな声とともに一方の手が乳房から離れた。

「あ……」

ほっとするけれど、快感を半分奪われてしまった形になり、身体が物足りなさを覚える。

(そんなことはないわ!)

もっと乳首を弄っていてほしいと思いそうになった自分を諌《いさ》めた。

「さて、こちらで楽しむかな」

乳首から離した手を、ソフィアの腹部から臍、下腹部と撫で下ろし……。

「ひ、あぁっ、そこはっ、あぁんっ!」

指先が淫芯に触れると、乳首よりも強い刺激が駆け上がってきた。

「ここならいい?」

「そ……そこは……んっ、は、あぁっ」

だめと言いたかったが、身体が快感の補充を喜んでいて、言葉が出ない。

「感じる?」

淫芯をつつきながら問われる。

「うっ、んんっ」

胸と秘部を同時に弄られて伝わる快感に抗えず、はしたなく喘ぎながらうなずいてしまった。

年下の男に身体を弄ばれているような状況だが、こういった経験のないソフィアはほとんど言いなりだ。

「ん？　なんだか中が熱くなってきたな？」

（なか？）

ジェラルドの言葉に首をかしげたが、

「あっ！」

蜜壺に挿入されていた熱棒が、中で動くのを感じて驚いた。

「濡れているみたいだけれど、感じて新しい蜜を出したのか？」

恥ずかしい質問をされて、ソフィアは耳まで赤くなる。

「……そ……そんなことは、ないわ。ま、前の……よ」

挿入される前に感じて出てしまった蜜だと訴える。

今のソフィアは、初めての異物の痛みと圧迫に苛まれているはずなのだ。感じて蜜を出してしまうはずがない。

「でも、滲み出てきているようだ」

淫芯を弄っていた指がすぐ下の結合部分に移動する。

「は、あっ、な、なぞっちゃ……く、んっ」

ジェラルドの指に押し開かれた淫唇をなぞられると、ぞくぞくした。

「う、うっ、だめ、あぁ……」

秘部全体の感覚が鋭くなっているようで、腰が左右に揺れてしまう。なぞられている指はぬるりとしていて、ほどなくしてくちゅっという音が聞こえてきた。

「感じて濡らしているみたいだが」

「そんなこと……」

違うと喘ぎながら首を振る。

「そうかな」

なぞっていた指が外れ、背後でジェラルドが身体を起こしたのを感じた。

(ま、まさか)

ソファの背もたれに手と顎を乗せていたソフィアは、恐る恐る振り向く。

「い、いやぁ……見てはいや！」

ジェラルドがソフィアの腰を摑み、結合部分をじっと見ていた。

「挿れた時に出てきたにしては、多い気がするけれど……違うとも言い切れないか」

冷静な声が聞こえる。

「それなら、もう一度挿れてみればわかるな……」

(もういちど?)

奥深くまで挿れられていた熱棒がずるっと引き抜かれ、半分ほどのところで止められた。

「はぁ……」

抜かれる刺激に声が出て、熱棒を失って中がうねったのを感じる。

「新たに濡れていないのなら、次に挿れても溢れ出ることはないはずだ」

ぐっと両手で腰を掴むと、ジェラルドの太い竿が再びソフィアの身体の奥へと進んでいく。

「ああっ!」

強い圧迫感と刺激でソフィアの口から悲鳴に近い声が上がり、同時に蜜壺からぐちゅっという水音が発生した。

「おっと、溢れてきた。やはり感じていたんじゃないか」

苦笑しながら奥へと腰を進ませる。

(いやぁ)

恥ずかしくてソフィアは顔を背もたれに埋《うず》めた。

「身体は素直だな。感じているのがすぐにわかる」

嬉しそうにつぶやくと腰を引き、再び中へと突き挿れた。

淫らな水音が発生する。

「は、あうっ」

「痛かったか？」

心配そうな声がして、思わず首を振った。

「ちがうけど……なかが……熱い」

圧迫感は残っているものの痛みは減っていて、淫猥な熱が増えている。

「感じて熱いのだろう？　俺も同じだよ。こうすると中で絡みついてきて気持ちがいい」

軽く抽送しながら言う。

水音とともに中の熱がかあっと上がっていく。

二度、三度と繰り返されると、熱は全身に広がり、水音も大きくなった。

「溢れる量が増えてきた」

ソフィアが感じているからだと、ジェラルドは更に腰を打ち付ける。

「ん、は、あん、……んんっ、奥に、ああ、だめ……で、でちゃう……」

抽送により溢れ出た蜜は、ソフィアの内腿を伝い落ちていく。

（ど、どうして？）

初めは圧迫感がとても強かった。なのに今は、熱くて淫らな快感が強くなっていて、中から蜜が溢れ出る。

どくんどくんと頭の中で音がする。

蜜壺から聞こえる水音とは違っていた。

（ああ。これはなに？）

熱さが身体の中と外を巡っている。

「ふっ、あ、……んんっ、あんっ、ジェラルドさま……ねがい……やめて、お、おかしく、なって……しまう」

「おかしくなってもいいよ。どんなになってもおまえは可愛い」

再び背後から抱き締めてきたジェラルドは、抽送しながら囁いた。

（どんなに……可愛い？）

快感の渦に巻き込まれているソフィアには、そんなふうに聞こえていた。

でも、その意味を考える余裕はない。

熱くて苦しくて、そして強い快感にどうしていいかわからない。

快楽の渦の中で、自分を抱き締めるジェラルドの力強い腕だけが頼りだ。

「ああ、もう俺も限界かもしれないな」

という言葉が最後に聞こえて、熱かった蜜壺の中が更に熱くなり……。

「ひっ、あ、や、灼けるっ！」

絶頂を迎えた身体は、熱を伴う強い快感の嵐に巻き込まれたようだった。

第三章　青い欲望

官能の嵐が過ぎ去ると、ソフィアはぐったりとソファにもたれて目を閉じた。

（わたしついに……）

乙女の純潔を失ったのである。

それは、この国に来た目的である愛妾としての第一歩を踏み出したということでもあったが、思った以上に心身ともに衝撃を受けていた。

当初の予定であった老齢の国王ではなく、自分より八歳も年下である国王の息子の相手をさせられている。年下とは思えぬ強引で巧みな手管に、ソフィアは思う存分やられてしまっていた。

（……確認をするって言っていたのに……）

何を確認したのよと、ぼんやりとした頭の中で思っていたら……。

「おい、大丈夫か」

頬に大きな手が当てられ、ジェラルドの声がしてはっとする。

「なあに？　えっ！　きゃっ！」

目の前のジェラルドが一糸まとわぬ姿なことに気づいて、ソフィアは引き攣った顔で悲鳴を上げた。

「いやあ、どうして裸なの？　あ、やだ、わたしもっ！」

わずかに残っていた靴下とレースの靴下留めもなくなっている。

「それに、いったいここは？　なぜこんなところにいるの？」

自分の周りを見回すと、ソファのある居間ではなかった。

白い薄絹の天蓋に覆われた広いベッドの上にいる。しばらくの間気を失っていて、知らない間に運ばれていたようだ。

「ここは妃の宮殿の寝室だ。今後は俺とおまえの寝室ということにもなる。さっきも言っただろ？」

ベッドに片膝を乗せて座り、一方の足は床につけた状態でジェラルドが答えた。

「わたしの寝室……？」

手元のブランケットを引き寄せてつぶやく。

「おまえに怪しい部分はなかったからな」

「あ、当たり前です！　わたしは怪しい者ではないわ」

「身体の隅々まで調べたからわかっているよ」

（身体の隅々まで……）

ジェラルドの言葉にソフィアは顔を赤らめる。

「とにかくおまえは、正式に俺の愛妾になれたんだよ。おめでとう」

笑顔で告げられた。

（おめでとうって……）

喜んでいいことなのだろうか。

「あ、でも、ここは妃用なのに、わたしが使ってもいいの？　それに、ジェラルドさまはあちらの王太子用の宮殿で過ごすのでは？」

妃でもない自分が使うのはやっぱり気が引けた。

「王太子用の宮殿は公用に使用するだけだ。普段の生活は俺の私室であるここだよ。だからおまえもここにいることになるんだ」

「そ、そう」

国王の妾として来た自分が、いつのまにか王太子の愛妾になってしまったことに釈然としないものを感じるが、その手の行為をしっかり終えてしまったことは確かである。納得して受け入れるしかないのだろう。

「わかったか？」

念を押すように問われた。

「ええ。あの、わかったので、着替えをするために侍女を呼んでくださらないかしら。いつまでもこんな姿では……困るわ」

ジェラルドから視線を逸らして訴える。

ジェラルドの裸体を見ているのが恥ずかしい。

十七歳にしては広い肩幅と、適度に筋肉のついた張りのある肌。そして下腹部から、勃起した彼の剛棒が顔を覗かせていたのが目の端に映っていた。

（あ、あれに……）

先ほど乙女の純潔を奪われたのである。驚きと羞恥に頬を染めていると、

「着替えはまだあとだ」

ジェラルドから腕を摑まれた。

「どうして？　あ、やっ、何をするの！」

胸に当てていたブランケットをはぎ取られ、ジェラルドの方に身体を引き寄せられる。

「俺のものになったことが確定したおまえを、ここで改めて抱くためだよ」

にっこりと笑って告げられた。

「ええええっ？　だって、さっき……したばかり……」

ソフィアは顔を引き攣らせる。

「あれは確認と初めの儀式みたいなものだ」

「だって、最後まで……したわ」

ジェラルドも一緒に達していたのだ。ソフィアは身体の中の異物感と、もろもろのものを感じている。

「そんな……」

「確認しただけで満足はしていない。満足させるのがおまえの仕事だろう」

満足していないという言葉に衝撃を受ける。

「これからが仕事はじめだよ」

「し、仕事はじめって……」

驚愕しながらジェラルドを見た。

「この身体で俺を満足させてくれ、出来なければ契約解除になるぞ」

ジェラルドの言葉にソフィアははっとする。

国王に会った際、閨で満足させられなかったら契約解除になり、ソフィアは国に戻されると言われたのを思い出した。

もちろん前金は返さなければならないし、そうなると着工している水路の建設も中止となる。最悪の場合、侍女たちが処刑されてしまうかもしれない。

「それは困るわ！」

思わず訴えた。

「困るなら、俺が満足するような女になれ」

傲慢な笑みを浮かべて言われる。

(満足するような女になれですって？)

ジェラルドの言葉に心の中でむっとしてしまった。

見かけは立派だけれど、本当は八歳も年下なのである。妾とはいえ一国の王女である自分に対して、生意気すぎる態度だ。

(でも……ここでこの人を怒らせたら、契約解除になってしまうのよね)

水路や侍女のためには、多少のことは我慢しなければならない。既にもう、ジェラルドに乙女の大切な場所は奪われてしまっているのだ。

「わかったわ。好きにしてください」

観念してうつむく。

「そんなに契約解除が困るのか？　……まあいい」

ジェラルドの手がソフィアの顎に添えられた。顔を上げられて、彼と見つめ合う形になる。

「まずはこの唇を味わう。先程は後ろ向きで、指でしか触れられなかったからな」

言いながら顔を近づけてきた。

（ま、まさか、キス？）

戸惑っていると、ソフィアの唇にジェラルドの唇が重なった。

「ん……っ！」

触れた瞬間、どきっとする。

ソフィアにとって男性との初めてのキスだった。

（きゃああ）

頭のなかで叫ぶ。

歯列を割って、ジェラルドの肉厚な舌が入ってきた。ソフィアの舌と絡まり、唾液が混ざり合う。

「ん……んんんっ、ふ……」

唇が擦られ、舌が口腔を刺激する。

（キス……お、男の人と、キスをしている。な、なんか……）

心臓がドキドキしてきた。

男性との口づけが、こんなにも恥ずかしくて、しかも感じるものだということを、ソフィアは初めて知る。

触れ合っている相手は、年下だけどとても綺麗な顔立ちをした男性だ。あの形のいい唇が自分の唇と重なり合っていると思っただけで、心拍数が増してきた。

「は……んん、ん……」

乳房が摑まれ、柔らかく揉まれながらベッドへゆっくりと倒される。

ソフィアの身体の上に、ジェラルドの身体が重なっていた。彼の肌や体温、そして重さにもドキッとする。どれもこれも、生まれて初めての経験だ。

肌が触れ合う感触は、くすぐったいような、ほっとするような、不思議な官能を運んでくる。

頭の芯がぼうっとしてきた。

けれど……。

乳房を揉んでいない方の手がソフィアの膝裏に差し込まれ、片膝が上げられた瞬間に、はっと我に返った。

「……っ、んっ！」

先ほどジェラルドを受け入れた乙女の秘部に、再び熱棒の先が当てられているのである。

（まさかもう？）

「……ん、く……っ！」

ソフィアの推測通り、ジェラルドの熱くて太い竿先が淫唇を押し開いていた。もう少し待ってほしいという言葉は、口づけをされているために発することが出来ない。

またしてもあの、痛くて苦しくて辛いあれをされてしまうのだ。

このあとやってくる衝撃を予測してソフィアは目を閉じる。

「そんなに身体に力を入れると、余計苦しいぞ。緊張しなくてもいいよ。まだ中に俺の精が残っていて、たっぷり濡れているからな」

唇を離したジェラルドが、拳を握り締めて目を閉じているソフィアに語りかける。

「だ、だけど、こんなにすぐに、なんて」

先ほど初めて男性を受け入れたばかりだ。

「濡れているうちに、身体を俺に慣れさせておくといいぞ」

「慣れさせるって……」

「早く俺を満足させられる身体になってくれということ。その方がおまえも楽だろう？」

（そういうものなのかしら？）

ジェラルドの言葉で少し身体の力が抜けた。

そこを狙ったかのように、熱棒の先端がぐっと強く押し込まれる。

「はっ、あうっ！」

太い部分を一気に挿入されて驚いたが、ぐじゅっという濡れた音とともにやってきたのは圧迫感のみだった。

痛みや引き攣れなどは感じない。

「どうだ？　痛いか？」

頬に口づけながら優しく問われる。

「い、痛くは……ないけど……」

ジェラルドの熱棒は太くて長い。苦しいくらいの圧迫感がある。

「やっぱりこの体勢の方がおまえの可愛い顔が見えていいな。こうして味わうことも出来るし」

甘い菓子を味わうように、ジェラルドから唇や頬を舐められた。

「あ……く、くすぐったい……わ」

恥ずかしいという気持ちもある。

「ん？　顔は嫌か？　それならこっちだな」

少し身体を起こすと、ジェラルドはソフィアの乳房を両手で掴んだ。

「おまえの中に挿れたままこんなふうに味わえるなんて、最高だな」

嬉しそうに顔を近づけ、ソフィアの胸の谷間に埋めている。

(そんなに嬉しいの？)

確かに胸は大きいから、顔を埋めるにはいいかもしれない。でも、埋めたまま谷間に舌を這わせられるのはちょっと困る。

「そこ、舐められると、くすぐったい……」

身悶えしながら訴えた。

「では吸おうか」

ちゅっと乳房の内側を吸う音が響く。

「あ、あんっ！」

吸われる刺激は、舐められるよりも淫猥な感じがする。

「これはいいな。赤くて可愛い印がつく」

ジェラルドはあちこちに吸い付き、ソフィアの乳房に赤い印を散らした。

「は、ふぅ、ん、だ、だめよ、そんなにつけたら、ドレスが着られなくなるわ！」

慌ててジェラルドの頭に手を置いて止める。

「ああ、それもそうだな。じゃあそろそろメインをいただくか」

顔を上げたジェラルドは、掴んでいた乳房の一方に顔を寄せた。

「あぁぁんっ！」

乳房と同じように乳首を吸われて、強い刺激が伝わってくる。

「うん。美味い！」

「あっ！」

感嘆の声を上げたジェラルドの竿が蜜壺の中で膨らみ、ソフィアは声を上げて身体を震わせた。

「ここを吸われるのがいいみたいだな」

ソフィアの中が反応したことに、ジェラルドも気づいたらしい。

「や、違……っ」

違うと言いたかったけれど、中の熱棒を動かされて言葉が切れる。

「中がきゅっと締まって熱いんだが、これでも感じていないと？」

確かめるように熱棒を前後に動かされた。ぐじゅっという淫らな水音が聞こえてくる。

「ひ、あぁっ。熱……ぃ」

蜜壺の中がかあっとしてきた。

「熱くなるほど感じているのでは？」

「う……っ」

ジェラルドの質問に、ソフィアは言葉に詰まる。

「実は俺もかなり感じている。だから挿れた時よりも大きいだろう？」

ソフィアの反応を見てジェラルドはゆっくりと抽送を始めた。

「あ……うそ、なんで、あっ、そこ、突いちゃ……んんっ」

抜かれる時も突かれる時も、淫らな熱が蜜壺から伝わってくる。

「まだ二度目だというのに、驚くほど反応がいいね。感度のいい身体をしているからな。それとも熟す年齢だからか……」

中を探るように角度を変えて突き入れられた。

「う、やぁ、恥ずかしい……ん、んんっ、奥が……熱い……」

感じる場所を刺激され、腰骨の奥から強い官能の熱が発生してくる。

「ああ、熱いな。そして締め付けが、さっきよりも強くていい」

感嘆の声を上げ、再びジェラルドはソフィアの乳首に吸い付いた。

「は、あぁぁぁっ！」

蜜壺と同時に刺激され、快感の強さに嬌声を発する。

「もっともっと感じていいよ」

熱棒の抽送を速めたジェラルドが、乳房も同時に揉みしだく。

「ひ、あ、あぁ、だめ、か、感じすぎて……あぁんっ」

ジェラルドの肩を摑み、ソフィアはあられもない声を上げてのけ反った。

（なぜ、どうして？）

激しく感じてきた自分に戸惑う。先ほどソファで経験したような快楽の頂点が、鼓動とともに迫ってきていた。

「もっと感じろ！」

吸い付いていない方の乳首を摘ままれる。

ぴりりとした刺激が伝わり、それらはすぐに快楽の熱に変わってソフィアの身体を巡っていく。

「中に射精《だ》すぞ」

「はぁ……なか……だめ、も、いっぱい」

先程注がれたジェラルドの精とソフィアの蜜で、中がぐちゃぐちゃだった。これ以上増えたらどうなってしまうかわからない。

恐くて首を振りながらソフィアは喘ぐ。

でも、ジェラルドの腰は止まらない。

灼けるような快感と大きな水音。

ジェラルドから二度目の精を注がれると、ソフィアの頭の中は真っ白な閃光に包まれたのだった。

（はぁ……も……う）

到着早々の激しい交わりのせいで、ソフィアは完全に脱力した。もう指一本動かせない。

馬車での長旅。

国王との緊張の謁見。

衝撃の否定と屈辱の払い下げ。

そして強引な二度に及ぶ濃い交わり。

ソフィアの心身は強いダメージを受け、しばらく回復できそうにない。

このまま三年間、眠ってしまいたいとも思う。

「おいっ！」

ぐったりしているソフィアにジェラルドが声をかけた。

まぶたを開けるのも怠くて、返事もせずに寝てしまう。

「ったく。寝るなよ」

背中と腰にジェラルドの手が入れられ、ぐいっと持ち上げられた。

「ひぁ……な、……に……っ！」

強引に上体を起こされ、ジェラルドの身体の上に座らされてしまう。

「うっ！」

まだソフィアの蜜壺の中に、ジェラルドの熱棒が挿入されたままだ。

「次はこうやって向かい合わせになってやろう」

元気な声が聞こえる。

（ええっ？）

「も……無理……」

首をがくんと前にうなだれて言う。結い上げていたソフィアの髪はほどけていて、金色

の髪がばさりと前に落ちる。

「おい、しっかりしろよ。まだ二回だぞ」

ソフィアの両腕を摑み、前後に揺さぶった。

「まだって、そ……んな、疲れ……てるし……」

首を前後にガクガクさせながら答える。

「俺は全然疲れていない」

不満そうな声で告げられた。声も蜜壺の中の熱棒も、とても元気で張りがある。

（あなたはそうかもしれないけれど……）

ジェラルドは十七歳で、元気いっぱい精力旺盛な年齢だ。

「でも……も、わたし、動けない……」

精いっぱい無理だと訴える。

「初めからそんなに動いてないだろう。ほとんど俺がしてやってるじゃないか」

執拗に訴えられるが、疲れ切っているソフィアはもう答えられない。

「ちゃんとやらないと、契約解除するぞ！」

脅し文句が聞こえてきた。

「それは……困る、けど……も……」

どうにも体力の限界である。

「しょうがないな。じゃあ座っているだけでいいから、もう一回だけやらせろ」

という声とともに、ジェラルドが腰を突き上げた。

「え？　あ、あぁんっ」

いつまでも硬さを失わない剛棒に、ソフィアのいいところを下から刺激される。ぶじゅっというあられもない水音が上がった。

続いて、腰骨の奥から覚えのある熱が発生する。

「は、……あ、あんっ」

疲れて半分くらいしか意識がないのに、快感は覚えてしまうらしい。無意識にソフィアの口から喘ぎ声が漏れ出た。

「ふん。こういうのも色っぽくていいな」

切なげに悶えるソフィアを、嬉しそうにジェラルドが見上げる。

「あ、ふ……も、……やぁぁ」

「でも中が締まってきたよ。ふーん。こうすると胸が揺れていいな」

突き上げで揺れる乳房と力なく喘ぐソフィアを眺めながら、ジェラルドがニヤニヤ笑っていた。

（な、なんという鬼畜！）

ひどい王太子だと詰りたいけれど、疲れた体に容赦なく与えられる快感に翻弄され、抗う気力を奪われてしまう。

愛妾初日、ソフィアはジェラルドの性欲を思いきりぶつけられてしまったのだった。

第四章　夜の契約

翌日の昼過ぎまで、ソフィアはベッドから起き上がることが出来なかった。

（身体中が痛いわ……）

純潔を奪われた場所もそうだが、普段はすることのない姿勢を取らされてジェラルドに抱かれたせいでもある。

ジェラルドはソフィアが目覚める前に起きて、既に王宮殿で王太子としての執務をしているらしい。

（元気ねえ……）

ジェラルドは、見かけは大人でも若さ溢れる十七歳。

ソフィアは、見かけは幼くてもそろそろ曲がり角の二十五歳。

体力の差がありすぎる。

侍女の手を借りて沐浴と着替えを済ませて、午後も遅くなってから、やっと食事の時間となった。

精根尽き果てて動けないソフィアのために、寝室に食事が運び込まれている。

(精力が有り余っている感じよね……)

男性経験のないソフィアには、ジェラルドが上手なのか下手なのかはわからない。でも、彼がものすごい精力を持っているのはわかった。

彼の相手をするには、体力をつけなければならない。

沢山の料理が並ぶテーブルを前にして、ソフィアは考え込む。

「あの、何か不都合がございますでしょうか。お料理にお嫌いなものでもございましたか」

難しい表情で料理を睨んでいたソフィアに、侍女が恐る恐る声をかけてきた。

「いえ、料理に不満はないわ。ど、どれをいただいたら体力がつくかしらと思っただけ」

侍女に答えながら、本当にそうだと思う。これは食べなければやっていけない。

そう考えて改めて料理を眺める。

(綺麗な料理ね……)

ロウール王国でもよく食べられている赤丸鳥のローストや魚の蒸し物。旬の野菜を使ったスープ。海老のムースや魚貝のテリーヌ。

どの料理もこれといって珍しいものではないし、高価な食材も使っていない。だが、豪華で丁寧な飾りつけがされていて、見た目も楽しめるようになっている。

（でも……もったいないわ）

飾り切りは綺麗だけれど、野菜を動植物の形に切る必要があるのだろうか。無駄な装飾にも見える。

ロウールでは見た目より味や量を重視するので、違和感を覚えていると、

「体力をおつけになられたいのでしたら、赤丸鳥がよろしいかと。滋養が付きますし強壮にも効果がございます。お取り分けいたしましょうか」

侍女長のミラーが畏《かしこ》まって告げた。

「そうね、任せるわ。ジェラルドさまはいつもこういうお料理を召し上がるの？」

「本日はソフィアさまがお召し上がりになられやすいようにとのことで、ロウール王国でも使われることの多い食材を使用しております」

ミラーに命じられて料理を取り分けている侍女が答える。

「まあ、そうなの」

それで馴染みのあるものばかりなのだと納得する。

「では普段のジェラルドさまは、どういったお料理を好まれるの？」

取り分けた料理をソフィアの前に置いたミラーに質問した。

これだけの大国なのだから、普段は高価な食材を使用した贅沢な料理を食べているに違いない。

「殿下は好き嫌いをなさいません。お召し上がりになられるのは国内で生産された材料を使用した、その季節にあったお料理でございます。このような豪華なお食事はめったになさいません」

予想とは反対の答えが戻ってきた。

（これが豪華？）

質素ではないが、豪華とも言い難い。

「毎日の食事で国内の農産物の生産状況などを把握するためだと、殿下から説明を受けました。民とかけ離れた食生活では、国内生産物の良し悪しを判断できないからだそうです。ただ、それだけでは王族の食事として相応しくないので、盛り付けや装飾などにひと手間かけるようにしております」

怪訝な表情を浮かべたソフィアに、ミラーが少し胸を張って答えた。自分の国の王太子の賢さを誇りに思っているという雰囲気である。

無駄と思える装飾にも意味があったことに驚いた。

「この国の王さまは、民の暮らしを理解するために贅沢をしていないということね」

「いえ、国王さまのお食事は違います。殿下だけでございます」

近くにいる侍女が否定した。

「ジェラルドさまだけ？　どうして？」

「それは……」

侍女がチラリとミラーに視線を向けると、自分が説明しますとばかりにうなずいた。

「国王陛下は事実上引退をしていらっしゃられて、我がハルスラス王国の国政は現在ジェラルドさまが執《と》り行っております」

「そうなの？」

「はい。成人である十八歳に達していらっしゃらないため、公には王太子のままでございますが、国王陛下がなさるお仕事の大部分は、ジェラルドさまに委任されております。事実上の国王陛下と言っても過言ではございません」

「まあ、すごいのね。だからこの宮殿を建てたの？」

「いえ、これはお妃さまを迎えるためでございます。殿下が国王陛下のお仕事をなさるようになったのは、五年以上も前でございます」

「それって……十二歳？」

いくらなんでも若すぎないかとソフィアは驚く。

「十歳の頃から少しずつなされておりました。殿下は幼少の頃から利発であらせられて、国王陛下も、ご自分でなさるよりジェラルド王太子殿下に任せた方が良い、とお考えになられたのです」

「だって、十歳でしょう？」

ソフィアもその年齢には、建築や土木の書物を読んで理解出来るようになっていたが、経験が必要な国政というものをその歳からするのは、不可能に思える。

「もっと早くてもよかったとわたくしどもは思っております。実は……殿下が国政に関わる前の我が国は、表向きは大国として体裁を保っておりましたが、内情は厳しいものがございました」

国土は荒れ放題。近隣諸国との戦争で国家予算は赤字続きで犯罪も多く、貴族の心も民の生活も荒んでいたと、ミラーが声を潜めて訴えた。

「国境からここまで馬車で見た限り、とても豊かで民の表情も幸せそうだったわ」

ソフィアは自分の見た光景を頭に浮かべ、信じられない面持ちでつぶやく。

「そうでございましたでしょう？　あれはすべて王太子殿下の功績でございます」

にっこりとミラーが微笑む。

（人は……見かけによらないのね……）

自分と一緒に馬車に乗っていた時のジェラルドは、寝ていたのか寝たふりをしていたのかはわからないけれど、馬車の向こうにある国土に興味などなさそうに見えた。しかし、そうではなかったというのだ。

あの国土を整備したのがジェラルドなのである。

（信じられないわ……）

これは聞いてみなくてはと思いながら、ソフィアは料理を口にする。

「美味しい！」

昨日は到着してから食事を摂る暇もなかったので空腹だったこともあるが、それを差し引いても口にしたローストは美味だった。

その前に飲んだスープも前菜のテリーヌも、申し分のない味である。

「お口に合ってなによりです。なにしろソフィアさまがいらっしゃることが決まってから、急遽《きゅうきょ》ロウール王国の料理を学ばせましたので、美味しくないとおっしゃられたらどうしましょうと不安でございました」

給仕をしていた侍女がほっとした顔で告げた。

「国王陛下がわたしのために口ウールの料理を学ばせたの？」

「いえ、王太子殿下でございます。こういったこともすべて殿下がご采配をふるいます」

「これも……」

自分の父の愛妾のために料理人の教育までするとは、驚きすぎて言葉が出ない。

ロウール風の丸いパン。ロウール特産の赤豆の甘煮。ロウールの濃い牛乳で作られたデザート。

ロウールの王宮にいるのではないかと錯覚してしまいそうによく出来ていた。

（わたしを妾に迎えるために、周到な用意をしてくれているわ。きっと父王さまの愛妾になると思ったからよね？）

もしジェラルドの妾になるとわかっていたら、ここまで準備してはくれなかったのではないだろうか。そう思うと少し寂しい気もする。

（えっ？　べ、べつに寂しくなんか……）

相手は八歳も年下なのだ。向こうだって年上の妾など欲しくはなかっただろう。

（わたしは迷惑な存在？）

自分の頭に浮かんだ言葉になぜか傷ついてしまう。

（でも……）

昨日のジェラルドは、迷惑そうに見えなかった。

どちらかといえば嬉しそうだったし、迷惑だったらあんなに何回もしなかったのではないだろうか。

(そうよ!)

心の中で強く同意する。

昨日は自分の意識が朦朧としていてもやめてくれなかったほど、ジェラルドはソフィアの身体を堪能したのだ。

あれが迷惑なわけがない。

(でもそれって身体だけ?)

という言葉が浮かんで、再び傷つく。

もともと自分を愛妾に選んだのは国王で、気に入らないからとジェラルドに押し付けられた女である。身体以外のものを求める理由がない。それに、自分も身体だけの関係という認識でこの国に来ているのだ。

(しかもここは妃用の宮殿だわ)

ジェラルドだって年上の妾ではなく、同年代の可愛い妃を迎えるつもりなのだろう。お互いそういう関係なのだから、これでいいのだとぐるぐると考えていたら……。

「ソフィアさま。このお鞄はどこに仕舞いましょうか」

という侍女の声がして、ソフィアはテーブルから顔を上げた。

「わたしの鞄！」

水路の設計図や資料や書物の入った鞄である。処分されてしまったかもしれないと心配していたので、手元に戻って来てほっとした。

「ここに置いていいわ！」

食事が下げられてなにも置かれていないテーブルを示す。

（そうよ。このためにわたしはここにいるのよ！）

鞄を開き、中の書類を取り出しながらソフィアは自分に言い聞かせた。


その日の午後。

ソフィアは寝室の隣にある書斎に鞄を持ち込み、大きな机の上に中の書類を積み上げた。

まず馬車の中で書き留めたものの清書をする。

「用水路の水門はこんなだったわね。下の方が見えなくて残念だわ」

走り描きした図を記憶と一緒に描き直し、どれももう一度ゆっくり見てみたいと思う。

あらかた清書し終えた時、

「ソフィアさま。王宮での晩餐会がございます。そろそろお支度を」

と侍女が告げに来た。

「王宮で？」

「はい。週に一度、重臣や主だった貴族を集めた晩餐会が、国王さま主催でございます。ジェラルド王太子殿下もご出席なさいますので、ソフィアさまもご一緒にとミラー侍女長から伝言がございました」

「そう」

愛妾も公の場に出す国は珍しくない。しかし、昨日謁見した国王に、即座に顔も見たくないとジェラルドに押し付けられた立場で、そういう場所に出るのは複雑なものがある。だが、愛妾とはいえ自分は王女だ。王女として公の場に出ろということかもしれない。

気が進まないけれど挨拶はしなくてはならないと立ち上がった時、ソフィアのいる書斎の出入り口から足音が響いた。

「なんだ。こんなところにいたのか」

ジェラルドが大股で入ってくる。

「あ……」

彼と顔を合わせるのは、昨日の強引な交わり以来だ。立ち上がったまま硬直するソフィアのほうへ、ずかずかと近づいてくる。

「ずっと寝室にいるとミラーが言っていたので心配していたが、書斎にいたのか」

この書斎は寝室から直接入れるため、居間に待機している侍女にはどちらにいるのかわからないらしい。

「え、ええ……っ！　あっ」

近くまで来ると、ジェラルドはソフィアに両腕を伸ばした。

「ただいま」

ぎゅっと抱き締められる。

(きゃあっ！)

突然抱き締められて驚く。昨日からかなりなことをジェラルドとしているとはいえ、ソフィアは若い男性と触れ合うことに慣れていない。

「お……かえりなさい……」

ジェラルドの腕の中で、戸惑いながら言葉を返す。

(あ……)

彼の纏う甘さを含んだ涼やかな香りが、鼻腔をくすぐった。力強い腕や温かな体温を感じて、ソフィアの胸がドキドキする。

（な、なんでかしら？）

戸惑っていたら、ふっと抱き締める腕が緩められた。

「こんなに一日が長く感じたのは初めてだ。さあ行こう」

ジェラルドに手首を摑まれる。

「え？　もう行くの？　あの、わたしまだ着替えが……」

晩餐会ならそれなりのドレスを着用する必要があるし、髪飾りや装飾品もいる。ロウールから持ってきたものが馬車に積まれていたはずだ。

「脱ぐだけだから着替えはいらないだろう？」

不思議そうな顔をしながら、ジェラルドは書斎から寝室へとソフィアを連れて行く。

「いらないって、あの、ど、どうして、あの」

晩餐会に行くのではないの？　と混乱するソフィアを無視して、寝室の奥にあるベッドへと一直線に進んでいた。

「俺の今日の仕事は終わったから、これからはおまえが仕事をする時間だということ」

薄絹の天蓋をジェラルドが払いのけると同時に、寝室の扉を侍女が閉じた音が響く。

「わたしの仕事の時間？　あ、きゃっ！」

ジェラルドに身体を抱き締められ、そのままベッドへ押し倒される。

「おまえの仕事は俺を満足させることだろう？　今日も可愛いな」

胸を摑みながらソフィアの頰に口づけた。

「あ、あの、ば、晩餐会があるのでは？」

「あるよ」

答えながらソフィアの唇を舐める。

「で、出なくて、いいの？　んっ」

「あとから顔を出すよ。その前におまえと楽しみたい。とりあえず二回ぐらいする時間はあるだろう」

ジェラルドの言葉にソフィアは耳を疑った。

「は？　あの、とりあえず？　二回って？」

（なんなのそれは？）

「うん。とりあえず今はね。思いきり抱くのは晩餐会のあとだな」

フリルのたっぷりと寄せられたドレスの胸元にジェラルドが手をかけ、引っ張りながら答えた。

し出
普段着用の柔らかなコルセットだったため、ドレスと共に引っ張られたら乳房が飛び出してしまう。

「えっ、あ、きゃあっ」


「ふふ。今日も美味そうだ」

ソフィアの白い乳房を摑み、露わになった薄紅色の乳首に唇を近づける。

「ま、まって！」

慌ててジェラルドの頭を押さえた。

「なんだよ？　いいところなのに」

むっとしながらジェラルドに睨まれる。

「に、二回って、今二回して、晩餐会のあとに、また何度もするっていうこと？」

狼狽しながら問いかけた。

「そうだよ。それがどうした？　ああ、安心しろ、おまえもちゃんと感じて楽しめるようにやってやる。俺だけ楽しむようなことはしないよ。昨日も気持ちよかっただろ？」

自信たっぷりな笑顔を向けられる。

「よ、よかったけど、でも……」

初めての時に痛みを覚えたが、あとはほとんど快感に溺れていたのは確かだ。しかし、それだけではない。

「よかったなら問題ないじゃないか」

「ち、違うの！　そんなにされたら、か、身体が持たないわ！」

今朝だって起き上がれず、食事が摂れるまでに回復したのは午後遅くだったと、ジェラルドに訴えた。

「明日も昼過ぎまで寝ていればいいよ。おまえは俺のように国務があるわけじゃないからな」

「わ、わたしにも仕事があるのよ」

「仕事は俺とこれをすることだろう？」

目の前にあるソフィアの乳首にちゅうっと吸い付いた。

「は、あぁあんっ、そ、それだけじゃ……ない、あ、やん噛んじゃ……くっ」

ジェラルドの歯に乳首を挟まれ、悶えながら抗議する。

「ほかに？」

軽く挟んだ歯が乳首を扱くように上下した。

「ん、はぁ、んん、あぁ、だから、国土……開発の……け、けんきゅ、うぅ」

乳首が感じてジンジンする。

「ああ、あの鞄に入っていたやつか。噂には聞いていたが、本当にああいった方面が好きなんだな」

乳首から口を離すと、呆れたような目をジェラルドが向けた。

「でもおまえはここに、愛妾の仕事をしにきたんだぞ。その合間にそれをするならいいが、そのために俺の楽しみを減らすのはだめだ」

ちょっと睨みながらドレスのスカートを捲り上げる。

「だ、だけど、約束が違うもの。あ、そんなっ」

ドロワの紐が引っ張られ、緩められた。

「どう違うって？　……おまえって足も滑らかで綺麗だよな」

紐の緩んだドロワをずり下げながら、ジェラルドが感嘆の声を発した。

「だ、だってわたし、国王さまの愛妾のお仕事を、する予定だったのよ……。やあ、見ないで」

ドロワを足から抜き取られ、スカートで下半身を押さえて訴える。

「まあ、明記されてはいないが、当初はそういう約束ではあったな」

押さえている横からスカートの中に手を入れ、すりすりとソフィアの内腿を擦りながらうなずいた。

「そ、そうでしょう？　でも、国王陛下はお若く、ない、わ」

擦られるくすぐったさに身体を捩る。

「俺は歳がいってから生まれたからな」

「だ、だから、どんなに多くても、こ、国王さまなら、二回ではないの？　あ、そこは、んんっ」

内腿を擦る手が秘部に近づいた。

「……今の父上が毎日するなら、一回かもしれないなあ」

ジェラルドの指先が淫唇に到達する。

「だから、お仕事は、多くても、に、二回までだわ。はっ、あぁ……ん」

敏感な淫唇をなぞられて喘いでしまった。

「てことは、ここには一日に二度しか挿れられないのか？」

驚いたように問いながらジェラルドが指先で淫唇を開く。

「そ、そうよ……っ！」

秘部を開かれ、恥ずかしさに真っ赤になりながら答える。

「二回じゃ物足りない」

不満げにつぶやくと、指を蜜壺の中にしのばせた。

「ああんっ、でも……わたし、も、そんなには……」

無理だと訴えながら首を振る。

「追加料金を払う」

指を奥に進ませながらジェラルドが告げた。

「えっ？」

「おまえの理屈はわかった。だから二回以上したい日は追加で支払うよ。いくらあれば承知してくれるか？」

挿入した指を抽送しながら質問する。くちゅくちゅという音が聞こえてきて、恥ずかしい。

「はぁ、あぁ、いくら、って、そんなの……わから……」

いやらしい刺激が蜜壺から伝わってきて、喘ぎながら答えた。

「早く決めろ。それによっては、今挿れるか晩餐会が終わってからにするか、どちらかになるのだからな。二回しか出来ないのなら、晩餐会が終わるまで我慢する」

不満そうな声で急かされる。

（これ、承知したら……）

大金を積まれて、毎晩鬼畜に何度もやられてしまうような気がする。支払ったのだからと、とんでもない回数に付き合わされるかもしれない。

それはちょっとと喘ぎながら思っていて、はっとソフィアは閃《ひらめ》いた。

「そ、それなら……時間をちょうだい！」

「は？　なんだそれは」

ジェラルドから怪訝な顔で見られる。

「国内の視察に連れて行って、いただけないかしら……。こ、国土開発や……社会基盤の整備状況とか、農業技術なんかも……見てみたいの」

この国が繁栄した理由を知りたいのだと訴えた。

「なんだ。そんなことか。いいよ。いくらでも見せてやる。案内人もつけてやろう。そんなことでいいのなら、安いものだ」

喜びの表情を浮かべてジェラルドが答える。

「あ、あなたに、ジェラルドさまに、案内してほしいの」

「俺に？」

ソフィアが付け加えた言葉を聞いて、蜜壺を弄っているジェラルドの手が止まった。

「え、ええ、色々と説明も聞きたいし……」

近年、この国を発展させたのがジェラルドなら、色々と参考になりそうだと思う。

「俺は忙しいんだが……それが条件だというのなら仕方ない。わかったよ」

渋々という感じで了承し、蜜壺に挿れていた指を抜いた。

「あんっ……あっ！」

抜かれた刺激に悶えていると、すぐさま膝裏を抱えられて覚えのある熱棒が蜜壺の入り口に押し当てられる。

「ということだから、晩餐会前に一回抱く」

晩餐会の後に二回抱かせてもらうからなと、ソフィアの蜜壺へジェラルドは自身を進ませた。

第五章　初めての視察

一週間後。

「ソフィアさま。お帽子はこれでよろしいでしょうか」

衣裳部屋で侍女が問いかける。

「そんなにつばの広い帽子では周りが見えないし、羽飾りも大きすぎるわ」

ソフィアは首を振る。

今日はジェラルドに案内をしてもらって、ハルスラス王国の視察をする日だ。朝からその用意で大騒ぎである。

「ここの衣裳部屋にはいいドレスが沢山詰まっているけれど、外出用が少ないのよね」

靴も夜会用の煌びやかなものがほとんどで、帽子に至ってはガーデンパーティ用の花や羽を盛った豪華なものばかりだ。

「申し訳ございません。こちらにあるドレスは、お妃さま用ということで用意をしておりました。外出の際は馬車で移動されて、上級貴族のお屋敷での夜会などが主になると思いまして……」

動きやすい外出用ドレスや靴などあまり準備していなかったという。

「わたしが持ってきた物は？」

そこにいくつか入っているからと告げた。

「持っていらしたお荷物でございますか？　……あの……」

困ったように侍女がうつむく。

「ソフィアさまのお荷物は、侍女の方々とともに、ロウール王国に持ち帰られたと伺っております」

ミラー侍女長が横から答えた。

「帰った？　レラ侍女長と一緒に？　レラたちは王宮殿にいるのではなかったの？」

驚いて聞き返す。王宮は王や王妃の住まう王宮殿と王太子の宮殿の他に、いくつもの建物が合わさって出来ているために迷いやすい。だから王宮全体を把握するまでは、ソフィアの侍女としては働かせられないと言われていたのである。

「いいえ。ここに着いた翌日に戻ったようですよ。お聞きになられておられませんか」

「聞いてないわ！　王宮殿で働いているとばかり……」

そのようなことは、この一週間ひとこともジェラルドから言われていなかった。

「ロウール王国の王太子殿下の婚礼支度をするので、至急戻るよう命じられたそうです」

「弟の？」

ミラーの言葉にはっとした。これから弟の婚礼が始まる。ギリギリの人手でやっているロウール王家では彼女たちの手が必要だ。

「……だけど、どうしてジェラルドさまは知らせてくれなかったのかしら」

挨拶もなく帰ってしまったレラにも不満を抱く。

「ひとり残されてしまわれるソフィアさまが、不安になられないようにというご配慮からではないでしょうか」

「……わたしへの配慮……」

確かにこの国に着いた当初は、国王から王太子に下賜されてしまったという衝撃を受け、慣れない妾生活に混乱していた。あの当時、レラ侍女長たちが帰国してしまったことを知ったら、心細くて不安に押しつぶされていたかもしれない。

「事情はわかったわ。でもなぜわたしの荷物も一緒に持って帰ってしまったの？」

「こちらで用意させていただきましたドレスなどのリストを見て、判断されたようです」

妃用のドレスや装飾品だったので、レラ侍女長はそれで十分だと思ったらしい。

「わたしのものは鞄だけということになるのね」

「御入用のものがございましたら、すぐに手配いたします。殿下からソフィアさまがご希望なさったものは金額に拘らず何でも揃えるように、という指示を受けております」

「金額に拘らず?」

「はい。普段は倹約家の殿下でございますが、ご不満がございますようでしたら、ドレスや装飾品なども、すべて作り直してもよいとのことです」

「作り直すって、あの衣裳部屋の中にあるのをすべて?」

ミラーの言葉に仰天する。

衣裳部屋には、とんでもない数のドレスと装飾品が詰まっていた。どれも高価な生地を使用していて、宝石が縫い込まれていたりするものもある。気に入らないからと廃棄していいものではない。

(一度も着ていないドレスを捨ててしまうなんて、もったいないわ)

「無駄遣いだわ……」

眉を顰《ひそ》めてソフィアはつぶやく。

「無駄だなんて、とんでもございません。ロウールの王女さまにご不自由をさせるようなことがあったら、我が国の恥になります」

「そうかもしれないけれど、でも贅沢よ」

ドレスや装飾品だけの話ではない。ソフィアの住んでいる妃用の宮殿自体が、豪華すぎるのだ。

上品に設《しつら》えられているので嫌味な豪華さではないが、クリスタルをふんだんに使った照明や取っ手に施された繊細な金細工まで、手間とお金のかかるものが多い。

「殿下は贅沢はなさいません。国王陛下は少しそういう面がおありですが……」

ミラーが困った顔で言いわけをする。

（わたしなら、豪華なドレスを作るための資金を社会福祉や基盤整備に回すわ）

ソフィアは心の中で言い返した。

ジェラルドの浪費についてこれ以上侍女長にぶつけても仕方がない。訴えるのなら、ジェラルド本人にするべきだと思い、口を噤んだ。

「社会福祉や基盤整備などの予算は別に計上してある。ドレスを作る費用を削って当てる必要はないよ」

視察に向かう馬車の中で、贅沢について訴えたソフィアにジェラルドが答えた。

「だ、だから、計上する予算を、も、もっと増やせるでしょう?」

ジェラルドの意見に反論しながらも、ソフィアはそわそわする。

今日のジェラルドは、クリーム色の布に金の刺繍を施された王太子服を身に纏っていた。鋭い視線を向けて答える彼から、上品な甘さと野性的な魅力が漂ってきて、なぜかすごく緊張するのである。

向かい側に腰を下ろしている彼の長い脚が、ソフィアの足元近くまで伸びていた。視察だから目立たないようにとのことで、前回乗った馬車ほど豪華ではないが、大きさは変わらない。だから、車内はゆったりとしているはずなのに、背の高いジェラルドと乗ると狭く感じる。

ジェラルドは背が高いだけあって手足も大きい。組んだ膝の上に軽く指を絡めて乗せている手が、ソフィアの横目に入った。

あの大きな手に自分は閨でと思ったら、頭の中まで真っ赤に染まるほど恥ずかしくなる。

(だめよ。わたしったら、よ、夜のことなんてここで思い出してはいけないわ!)

真剣な討論の最中なのにと、自分を戒める。

「予算は必要なだけ計上してある。無駄に増やしても仕方がない」

ソフィアの心の内も知らず、ジェラルドが真面目な顔で答えた。

「そ、そうかしら？　整備事業にはいくら資金があっても足りないと思うの。た、たとえば馬車用の道などは、わ、轍《わだち》が深くなる前に溝を埋めたり、石の敷替えをしたりしなくては、ならないでしょう？」

道を新設すると整備事業が増えることになると告げて、ソフィアは窓の外に視線を向ける。

「もちろん整備事業用の予算も計上してあるよ」

「た、足りなくなるかもしれないわ。災害で、り、臨時に必要になるとか……」

思わず逸らしていた顔を戻して訴えたが、ジェラルドと目が合って心臓の鼓動が跳ね上がった。

(だ、だめだわ)

慌てて横を向く。なんだか恥ずかしくて堪らない。

「そういう場合は別途災害用の予算が組まれている。なんでおまえは、そこまでドレスを作る予算に不満を持つんだ？　必要な経費を削るわけではないぞ」

「ド、ドレスよりも大切なものに使った方が、い、いいと、思ったのよ」

なんとか返事をするものの、羞恥と緊張は高まるばかりだ。

「ドレスだって女性にとって大切なものだろ？　それより、どうして赤い顔で外を見ながら喋るんだ？　俺を見てちゃんと話せ」

厳しい言葉が飛んできて、ソフィアはびくっとした。

「だ、だって……は、恥ずかしいのだもの……」

ジェラルドの方に向き直るも、赤い顔でうつむきながら答える。

「何が恥ずかしいって？」

問いながら顔を覗き込まれて、ソフィアの顔はますます赤くなった。

「わ、わたし……お、弟以外の男の人と、こんなふうに、二人っきりで話したことってなかったから……」

「はあ？　ここに来た時に、二人きりで乗っただろう？」

呆れ顔で質問された。

「あの時は、ジェラルドさまはすぐに寝てしまったし、護衛の騎士だと思っていたから、そんなに意識しなかったのよ……」

国王の妾にならなければならない緊張と、車窓の風景に気を取られていたこともあり、ジェラルドに対する羞恥の気持ちは薄かったのだと答える。

「だが、あれから一週間も経っているんだぜ。しかも俺たちは、毎晩一緒に夜を過ごしているだろう?」

意味深な目を向けられる。ここで恥ずかしがる以上のことを毎晩しているのに、と言いたいらしい。

「だ、だから、夜は暗いし、ジェラルドさまも、そういうきちんとした服装をしていらっしゃらないから……」

ベッドに入ってくるジェラルドは、裸か簡単な夜着である。寝室の灯りは雰囲気のある明るさに抑えられていてお互いが見えにくい。

服を着た彼をはっきり見たのは、初日の午後にたっぷりやられた時以来だ。ちゃんとした王太子の服を着て、精悍な美貌を向けられると、恥ずかしくて堪らない。

「ようするに、服を着た俺と話すのが二回目だから恥ずかしいというのか?」

怪訝な顔をしているジェラルドに、ソフィアは赤い顔でうなずいた。

「……っ!」

顔を上げたソフィアの目に、正面に座るジェラルドが緑色の目を見開いて固まっているのが映る。

（あ、呆れられてしまったかしら）

二十五歳にもなって、男性と二人きりで話すのが恥ずかしいなんて、情けない話だ。

「おまえって……その可愛さも計算しているのか？」

眉間に皺を寄せて聞かれた。

「なにを、計算するの？」

首をかしげてジェラルドに問い返す。

「だよな。計算して出せるものじゃないな。でも……ちょっと、勘弁してくれないか？」

ジェラルドが大きな手で自分の顔を覆った。

「あの……」

「まだ出発したばかりだぞ！」

顔を覆っていない方の手が伸びてきて、ソフィアはぐいっと引き寄せられる。

「きゃっ！」

馬車の椅子に腰かけているジェラルドに、覆いかぶさる形で倒れ込む。

「視察はこれからなのに、抱きたくなるだろ！」

上に乗っているソフィアの身体を、ぎゅっと抱き締めた。

「あ、あの、抱くって……まさか……」

嫌な予感がソフィアの頭に浮かぶ。

「今すぐここで三回ぐらいおまえとやりたい」

ジェラルドから熱っぽく見つめられ、切羽詰まったような声でとんでもない内容を告げられた。

「そ、そんな、こ、こんなところで困るわ」

ジェラルドの滴るほどの欲望にクラクラしながら拒絶する。

「わかっているよ。でもこれ、どうしてくれるんだよ」

ぐいっと下腹部が押し上げられ、ソフィアの太腿に硬いものが当たった。かなり勃起したジェラルドの竿だというのは、見なくてもわかる。

「あ、あの、でも……」

ソフィアの顔がかあっと熱くなった。

「これでは視察現場に着いても、外を歩くのは無理だ。俺に説明してほしいんじゃないのか」

「そうだけど、あの……まさかここで……するの？」

そんなことをしたら、ソフィアの方が歩けなくなってしまう。

太くて長いジェラルドの熱棒を、精を放出するまで突き挿れられたら、ソフィアも絶頂を極めてしまうほど感じてしまうし、せっかく整えた髪やドレスも乱れて、外になど出られなくなるに違いない。

「今ここで挿れるわけにはいかないから、手でしてくれないか」

ジェラルドの提案にソフィアは目を見開く。

「手？」

「そう、おまえの可愛いこの手で俺を感じさせてくれ」

ソフィアの手がジェラルドの股間にいざなわれ、下衣から取り出した熱棒を握らされた。

「きゃっ！」

熱くて太いものを手の中に感じ、驚いて手を引こうとしたが、がっしり手首を掴まれていて離せない。

「握って扱くだけでいい。簡単な仕事だろ？」

ニヤリと笑って下から見上げられた。

「で、でもあの……」

ジェラルドの笑顔にどきっとする。

今自分が握っている凶悪に太くて熱いこれの持ち主だとは思えぬほどに、上品で美麗な笑顔だ。

「張り詰めているのがわかるだろう?」

真剣な目で問いかけられる。

「そ、そうね」

確かにソフィアの手の中にあるジェラルドは、パンパンになっていて、血管がドクドクと脈打っていた。

「ここまで滾《たぎ》ると、苦しいんだぜ」

切なげな目で見上げられる。

「苦しいの?」

「かなりね」

「し、しばらくしたら、落ち着くのでは?」

赤い顔でソフィアは問い返す。

「おまえがこんなに近くにいるのだから無理だろう」

苦笑交じりにジェラルドから訴えられる。

(そんなにわたしに興奮しているの?)

閨の相手をするための姿とはいえ、好意を持たれるのは悪い気はしない。

「そ、それでは……してあげるわ」

竿を握った手をそっと動かすと、ジェラルドがうっと小さく呻いた。

「痛かった？」

ビックリして訊ねる。

「気持ちよかった」

ジェラルドがしれっとした笑顔で答えてくる。

「もう。心配したのに！」

少し強く握って動かした。

「うっ、おまえ、上手いな」

（えっ？　こうする方がいいの？）

ちょっと乱暴かなと思うくらいに動かしたのだが、その方がいいようなことを言われてしまった。

「このままドレスを脱がせておまえに挿れたいが、我慢だな」

苦笑を浮かべたジェラルドがソフィアの頭を引き寄せる。

「ジェラルドさま？」

「キスぐらいしてもいいだろう？」

「……んっ！」

ジェラルドの形のいい唇がソフィアのぷっくりとした薄紅色の唇に重ねられた。

（あ……気持ちがいい……）

口づけが気持ちいいのは、この一週間でソフィアは嫌というほど体験している。

初めはくすぐったいのだけれど、次第にゾクゾクするような快感を覚えるのだ。そして気持ちよさに、うっとりとしてしまう。

「ん……んんっ！」

ジェラルドの熱棒が手の中で熱く膨らんでいく。

口腔に感じる彼の吐息が荒くなっていた。

熱棒を扱いていない方の手が、無意識にジェラルドの背中に回る。彼の筋肉質な体躯が服の上からでも感じられた。

ジェラルドの手もソフィアの胸を摑んでいて、ドレスの上から軽く揉んでいる。

（ああ、……なんだか熱い……）

ソフィアの身体も熱くなってきていた。

口づけをしながら彼の熱棒を手で扱いているだけなのに、淫らな熱が身体の奥から上がってくる。

夜の営みの時のような強い快感ではないが、はっきりとした官能の熱だった。

先ほどまで、顔を突き合わせて会話するだけで恥ずかしかったのに、今は平気な顔でジェラルドと淫らに触れ合っている。

しかもそれが、ひどく幸せで気持ちがいい。

視察もしたいけれど、このままジェラルドと触れ合っていたいとも思ってしまう。

（わたしったら……）

いけないと思っても、彼を求める気持ちを止められない。

淫らで熱い口づけは、ジェラルドがソフィアの手で放出し終えるまで、続いたのだった。

第六章　淫《みだ》れた車内

初めの視察場所は、ソフィアの希望で貯水場である。

王都の北側に山岳地帯があり、そこの尾根づたいに水路を引いてきて、王都の丘陵地にある貯水場に貯められていた。

「大規模な施設ね」

管理塔から貯水場を見下ろしたソフィアは目を輝かす。

貯水場は水を貯める円形の建物がいくつも並んでいて、屋根や窓に凝った飾りや彫刻が施されていた。ちょっとした城のようにも見える瀟洒な施設である。

「三年前に完成したんだ」

隣にいるジェラルドが自慢げに告げた。

「ここから王都全体に水を供給するのね。でも、どうして王宮まで直接水路を引かないの？」

「水路を伝って敵が攻めてきたら大変だからだよ。ロウールでは王宮まで水路を引いているのか？」

先ほどたいそう淫らなことを馬車でしていたとは思えぬ、爽やかで真面目な顔でジェラルドから問い返される。

「いいえ。王宮の手前までよ。そこからは一度地面まで下ろして、王宮までは崖に設置した水車で汲み上げるようにしているの。これなら敵は攻め込めないでしょう？」

「なるほどね。だが水車では水量が限られて大量の水をすぐには使えないな」

「そうなの。だから王宮には貯水池を造ってあるわ。でも池は小さくて水量が限られるから、大規模な貯水施設がほしいと思っていて……」

「造ればいいだろう？」

あっさりとジェラルドから返される。

「お金がないもの。それに、貯水施設を建設する前に、まず水路の整備をしなくてはならないわ。老朽化が激しいの」

困った表情で貯水場を見下ろす。この施設の半分でいいからロウール王国に建設できれば、水不足がかなり解消されるだろう。

「なるほどね。それで俺のところに来たんだからな」

ジェラルドが納得顔でうなずく。

「あら違うわ。あなたのお父さまのところよ」

「あ？　ああ、まあ、そうだったな」

ちょっと気まずそうに笑った。

「突然でジェラルドさまも困ったでしょう？」

ジェラルドの反応に不可解なものを感じながらも、ソフィアは聞きたかった質問をぶつけてみる。

ジェラルドにとって自分は、招かれざる妾のはずだ。だが、初日からかなり楽しそうにソフィアを抱いている。

精力溢れる十七歳だから、どういう理由で押し付けられ、それがどんな相手でも、自由に抱けるのであれば嬉しいのだろうか。

それなら自分は迷惑な存在ではないということなので、ほっとするところはある。でも、性欲処理のためだけに歓迎されているとなると、心の奥がチクリと痛んだ。

だから、自分のことをジェラルドがどう思っているのか、知りたかったのである。

ジェラルドはソフィアの質問を聞くと、ぎくっとした表情を一瞬見せた。

「べつに、困ったりしないよ。妃用の宮殿が完成したのだから、そろそろ迎えようかと思っていたところだからな」

と答えてすぐに、ジェラルドははっとした表情を浮かべた。

「あっ、き、妃、じゃなくて、愛妾だからな」

焦ったように付け加える。その言い方に、おまえは妾であって妃ではないのだから誤解するな、という意味をソフィアは感じ取った。

「そう……」

やはり自分は、ジェラルドにとって性欲処理としてあてがわれた妾で、誰でもよかったという存在なのだ。がっかりした顔を見られたくなくてジェラルドに背を向け、貯水場を見るふりをする。

「ああそうだ。困ったことはないが、嬉しい誤算はあったよ」

ソフィアの背後からジェラルドの弾んだ声が届く。

「どういう誤算だったの?」

ソフィアは顔だけ向けた。

「妾は夜しか楽しめないが、おまえは昼も楽しめる。そんな女はちょっといないよなあ」

言いながら、ジェラルドは従者から紙の筒を受け取って開くと、ソフィアに差し出して見せた。

「これはこの貯水場の図面だよ。おまえこれが読めるだろう？」

「まあ！　ここの図面があるの？」

驚きに目を見開いたソフィアは、身体もジェラルドに向けて顔を輝かせる。

（やはりここは緻密な計算の上に設計された施設なのね）

素晴らしいとしかいいようのない図面に、ソフィアは見入ってしまう。少し前までの落胆していた気分は、どこかにふっとんでいた。

「この図面はジェラルドさまが作られたの？」

そんなことまでできるのかと、ソフィアは尊敬のまなざしを向ける。

「いや、図面を引いたのは地理院の設計士だ。俺は必要な要素を伝えるだけだよ。上がってきた図面を更に改良して現場へ渡す。国内で造らねばならぬ施設は沢山あるからな。いちいち描いていたら他のことが出来なくなるだろ」

大国ならではの答えがジェラルドから返ってきた。

「確かにそうね。では、この取水口の角度を変更したりしているところは、ジェラルドさまなのかしら？」

「そういうこと。そして、そこが取水口だとすぐにわかるような賢い女だったってところが、俺にとっておまえは嬉しい誤算だよ」

「それが、昼も楽しめるということ？」

うなずいたジェラルドに、ソフィアは今までとは違うときめきを感じていた。ロウールでもあまり評価してもらえなかった自分の能力を、嬉しい誤算だとジェラルドは言ってくれたのである。

（それって、この人にとってわたしは、誰でもいい存在ではないってことよね？）

信じられない面持ちでソフィアが見つめると、ジェラルドが少し照れたように笑っていた。

「うん。俺はおまえの顔が好みだったが、頭と身体も好きだ」

ストレートに返される。

「あ、ありがとう……ございます」

好きというのは妾としてということだから、少し複雑な気持ちになるけれど、ソフィア自身を好きだとジェラルドは言ってくれたことになる。

（わたしのこと、好きだって……）

妙に心が弾んでしまう。とはいえ、ジェラルドが軽い気持ちでソフィアのことを好きだと言っているのは承知している。自分は彼が望んだ妾ではなく、父王のおさがりとしてあてがわれているのだ。寂しいけれど、妾としてソフィア自身を好んでくれている、ということだけで満足しなくてはならない。

それに……。今いるここは、そんなことを考えてはいけない場所だ。

(そうだわ。視察中だわ！)

ソフィアははっとする。視察の時間は限られているのだ。

「そ、そういえば、王宮への水はどこから供給しているの？」

図面と現場を見比べながら質問する。

「この貯水場からだよ。給水の図面は持ってこさせてなかったな。すまん」

「いいえ、これだけでも嬉しいわ。ありがとう。あ、でもこの図面にも、王宮に繋がる水路はないわよね？」

ソフィアは現場と図面を見比べる。

「ここの地面を深く掘り下げて、王都の地下まで水路を通している。向こうに見えるのが王宮のある丘だが、あそこまで直結で繋がっているよ。高低差を利用して、水圧で水が吹き上がる仕組みになっているから、敵は侵入出来ない」

ここの方が王宮よりも若干高い位置にあるために可能な方法だ。

「ここから王宮まで地下水路を掘ったの？」

かなりの距離がある。地下となれば費用も技術も必要だ。

「国民が総出でやってくれたし、当時は戦勝で得た資金があったからね」

驚いているソフィアにジェラルドが答える。

「すごいわ……。なんて羨ましいのかしら」

大国ならではの力技だ。そしてそれを計画してやり遂げたジェラルドにも感心する。完成年から考えると、彼が十代前半の時に着手していると推測された。

「それぞれの国に合ったやり方でやるしかないだろう」

「そうね。わたしの国では、無駄に豪華な貯水場を建設する資金なんてないもの」

「無駄に豪華？」

ジェラルドの片眉が上がった。

「ええ。貯水塔の飾りとか無駄でしょう？　普通に円筒形の塔を建てればいいだけだわ」

装飾瓦を葺《ふ》いた屋根と窓枠に施された彫刻に視線を向ける。

「こんなお城のような建物にする必要はないと思うわ」

「丘の上に味気ない円筒形の貯水塔を何本も林立させるのか？」

横目でソフィアを見ながらジェラルドが問いかけた。

「実用に耐えられればそれでいいのでは？」

「実用主義だな」

「無駄が嫌いなの。裕福なのはわかるけれど、無駄に贅沢をし過ぎていない？」

ソフィアは言い返す。

「どんなところが？」

首をかしげてジェラルドが聞き返す。

「例えば、外出着用として用意されたこのドレスだけれど、高価な生地やレースを使っていて飾りも豪華だわ。外で汚したらもったいないわ」

自分の姿を見下ろしてソフィアが答えた。

「汚れたら新しいドレスを作ればいい。気にするな」

「気になるわ。それに、新しいドレスを作ればいいとか、気に入らなければ全部作り直すとか、贅沢を通り越して無駄遣いよ。何でももっと大切にした方がいいわ」

ソフィアは真剣な眼差しを向けてジェラルドに訴えた。

「おまえって……怒ったような顔も可愛いな」

じいっと見つめ返されてしまう。

「か、からかわないで！」

頬を赤らめて言い返す。

「からかってはいないよ。だが俺は、可愛い、楽しい、美しい、といったものを、無駄だとひとくくりにして否定するのは賛成できない。建築物への装飾は、殺風景な景色を緩和できるし、華やかなドレスは、可愛いおまえに似合うし見ていて楽しい」

「まあ……」

褒め言葉で返されて、ソフィアは返事に詰まる。

「も、もういいわ。す、水門の方に行ってもいいかしら?」

「水門の視察は後日にしてくれ。今夜は晩餐会だから早めに戻りたい」

「そ、そうだったわね。今夜はわたしも参加して、国王さまや王妃さまにご挨拶をしなくては……」

今宵は週に一度の国王主催の晩餐会である。

先週の晩餐会は、始まる前にジェラルドから思い切り抱かれてしまい、腰砕けとなったソフィアは出ることが出来なかったのだ。

「晩餐会も無駄だと思うけれど、ご挨拶をするのは大切なことだわ」

国王には初日に最悪の出会いをしていたが、王妃にはまだ会っていない。もともと国王の愛妾として来たのだし、その息子の相手をすることになってしまったので、国王の妻でありジェラルドの母親である王妃に挨拶をするのは、微妙な気分だ。だが、しないわけにはいかないので、晩餐会を利用しようと思っている。

「晩餐会も無駄か？」

貯水場から馬車を停めてある場所に向かって下りながら問われる。

「ま、毎週開くことはないと思うわ。国賓が訪れた際や、大きな行事の時だけで、じ、十分じゃないかしら」

階段のためにジェラルドが手を繋いでくれたのだが、それが恥ずかしくてぎこちない言い方になる。

「晩餐会は王家と貴族たちとの連絡の場でもある。どうせ集めるのなら、楽しんだ方がいいだろう？　ああそうだ、戻る前にロテルスに寄ってくれ」

扉を開けて待っていた従者に告げると、ジェラルドがソフィアを馬車に乗り込ませる。

「ロテルスとは？　どこかの町の名前？」

「この近くにある町だ。すぐ済む用事だが、下々のところに行くのは気が進まないなら、おまえは馬車の中で待っていてくれればいい」

「是非行きたいわ！　この国の人々の暮らしを見てみたいと思っていたの」

ソフィアは目を輝かせる。

「見てみたい？」

「わたしの国と比べてみて、取り入れたら良くなることがあるかもしれないわ」

「おまえって、顔に似合わずしっかり者だな。堅実というか……」

見かけとのギャップが面白いとジェラルドが笑う。

「わたしはロウールの王女だもの。国を良くする責任があるの。ジェラルドさまも同じでしょう？　この国を近年ここまで繁栄させたのは、あなたの力だと皆が言っているわ」

少しだけ尊敬のまなざしで見上げる。

「俺は……まあ、事情があって色々とやっているが、やるからには楽しむことにしているよ」

ソフィアの視線を受け取ったジェラルドは、軽くうなずきながら言った。

「楽しむ？　遊びではないのよ」

国のためなのだから、もっと真剣な態度でやるべきではないかと訴える。

「楽しんでいることが遊んでいるとは限らないよ。それに、どんなに真剣にやっても、国のためにならなければ無駄だ。楽しみながらやっていても、国が繁栄すれば誰もが喜ぶ。違うか？」

大切なのは結果ということだ。どれほど真面目にやっても、ロウール王国のように困窮していてはだめである。

「ち、違わないわ……ごめんなさい」

返された言葉に、ソフィアはうなずくしかなかった。八歳も年下の相手に基本的なことを諭されてしまい、自分が情けなくなる。

「こういうところが、わたしのだめなところなのかしら。お父さまや臣下や、民さえもが、国土開発より嫁ぐことを望んでいたのは、わたしにそういう能力が足りないから、任せられないと思われたのかもしれないわ」

ソフィアはしゅんとしてつぶやく。

今日、ここまでの短い間でも、ジェラルドはソフィアの一歩も二歩も前を見据えて歩いていて、広い視野に立って物事を判断していることがわかる。逆に自分は、短絡的で視野が狭いと思い知った。

「能力はかなりあると思うよ」

うなだれているソフィアに、ジェラルドが語りかける。

「ここに着いた当初、おまえの鞄の中をあらためたが、設計図や施工指示書などに感心させられるものが数多くあった。あそこまで緻密な計算が出来る女は初めてだ。いや、男でもあまり見ないな」

「あ、ありがとう……ございます」

　思わぬ褒め言葉に、うつむいたまま礼の言葉を口にした。

「国土開発計画書は、確かに味気ないものだったが……国や民を思う気持ちが伝わってきたよ。おまえが国のために一生懸命働いていることは、ロウールの人々もわかっているんじゃないか？　だからこそ、おまえに幸せになってもらいたくて、結婚を望んでいるのかもしれないよ」

「みんながわたしの幸せを望んでいるというの？」

　顔を上げてソフィアは問い返す。

　確かにレラ侍女長はソフィアに、結婚して幸せになってほしいといつも言っている。でもそれは、王女がいつまでも嫁に行かないのは外国に対して体裁が悪いから、ソフィアの幸せというのを口実にしているだけではないかと思っていたのである。

「おまえの国を思う気持ちは、ほんの一週間しか一緒にいない俺にだって伝わってきている。国民に伝わらないわけがないだろう？」

「そう……かしら？」

「そうだよ。今すぐは難しいかもしれないが、おまえがしてきた仕事もいずれは評価される。このまま頑張っていればいいよ」

（もしかしてわたしを、慰めてくれている？）

いつもより口調が優しい気がする。眼差しも柔らかだ。

気落ちしているソフィアを、元気づけようとしてくれているのだろうか。

それならば、彼の言葉にはお世辞も入っているに違いない。でも、ジェラルドからかけられた言葉は、今のソフィアにとってとても嬉しいものだった。

（ありがとう。優しいところもあるのね）

ソフィアが感謝の眼差しで見上げたら、ジェラルドが顔を寄せてきた。

「だが、もし俺なら、こんなに賢くて可愛い王女さまが、国のために年下の男のものになると知ったら、暴動を起こしてでも阻止して奪還するね」

ちゅっとソフィアの頬に口づけた。

「き、きゃっ！」

肩をすくませてソフィアは声を上げる。

「でももう俺のものだから、誰にも渡さない」

片腕を伸ばしてソフィアの背中から反対側の腕を摑むと、ぎゅっと抱き締めるように引き寄せた。

「あ……」

ジェラルドと身体が密着して、ソフィアの顔に血が上る。

俺のものというのは妾としてということで、彼の好意は条件付きであることを忘れてはいけない。でも、ジェラルドからの好意の言葉は、慰めの言葉とともにソフィアの心に深く刻み込まれた。

「あ、あの、でも、け、契約は三年だから……」

自分に言い聞かせるようにしてジェラルドへ告げると、至近距離にある彼の表情がはっとしたように見える。

「そ、そうだったな。ああ、ほら、ロテルスが見えてきた」

ソフィアから顔を背け、窓の向こうを示す。

「あれが……なんて可愛らしい」

小さいけれど可愛らしい町並みが見えてきた。


王家の馬車がやってきたということで、ロテルスの小さな町は騒然となった。人々が建物から道や広場に出てきて、迎えてくれている。

ジェラルドが馬車から顔を覗かせると、どよめきが上がった。手を振ったら歓声に変わり、女性たちの黄色い声も混ざる。その光景にソフィアは圧倒された。

「すごい人気……」

美丈夫なジェラルドが、若い女性に人気があるのは理解出来る。でも、手を振っているのは女性だけではない。小さい子も老人も、老若男女問わずである。

（みんなの表情がすごく明るい……）

彼らが浮かべる表情で、王太子だからと義務的に振っているのではないことは一目瞭然だ。もし強制的になら、後ろにいる人々が必死に飛び跳ねたりしないだろう。

ジェラルドが国民から慕われている度合いが、これだけでも実感させられる。これは、一朝一夕にできるものではない。ジェラルドが民のために様々な面で貢献してきた証だと思う。

しかし、驚くのはそれだけではなかった。

「あー！　ロウールの王女さまだ！」

ソフィアが窓に顔を近づけると、わあああっと先程よりも大きな歓声が上がったのである。

「え、え？　わたしも？　あ、あの……」

町の人々が自分に対しても歓迎の意を示してくれていることに戸惑っていると、ジェラルドがソフィアに顔を近づけた。

「君がロテルスを訪れたことを、皆が喜んでいる。手を振ってやってくれ」

ソフィアの耳に口を近づけて囁く。近づかないと歓声で会話が聞こえ難い。

「え、ええ」

ジェラルドの吐息を耳に感じてドキッとしながら、ソフィアは手を上げた。すると、馬車が揺れるほどの歓声に襲われた。

「なぜこんなに？　わ、わたしたちが来るのを、知っていたの？」

「事前にロテルスの町長宛てに連絡はしてある。警備などの関係でね。だが、貯水場の帰りに寄るかもしれないという程度で、確実に訪れるとは言ってないはずだが」

「それだけで、こんなに沢山の人が迎えてくれるの？」

ソフィアは町の中心へ向かう馬車の中で、驚愕で目を丸くしながら疑問を口にする。

「えっと……それはだな」

疑問を投げかけられたジェラルドが、一瞬ぎくっとした表情を見せた。

「なにかあるの？」

「いや、まあ……実は、お、王女というのが皆にとって珍しいからだろう」

「なぜ？　なぜ珍しいの？」

ジェラルドには姉が何人かいるというのをソフィアは聞いたことがある。王女のいない国ではないのだ。

「この国の王女は、俺の一番下の姉が隣国へ嫁いでから、十数年ほど不在になっているんだ。若くて可愛い王女というのを見たのが、外国の客人といえどもかなり久しぶりということになる」

ジェラルドから説明される。

「そういうことだったのね。でもそれって……わたしは見世物の珍獣と同じ扱いということ？」

むっとしてジェラルドを見上げた。

「うーん。それに近いものがあるかもな」

ジェラルドは笑いながら腕を組み、うなずいている。

「ひ、ひどいわ」

赤くなってソフィアは頬を膨らませた。

「冗談だよ。皆の目を見ればわかるだろう。あれは憧れの目だ。そして、珍獣のためにあんな歓迎はしないよ。あれを見てご覧」

窓の外を見るように促される。

「まあ綺麗」

淡い色の花びらが、空からたくさん舞い落ちてきていた。家々の窓から振り撒《ま》いているらしい。

広場では歓迎の音楽が奏でられ、小さな子たちが可愛らしいダンスを踊っている。その向こうには道化師がいて、紅白の玉に乗ってクルクルと回っていた。

「まるで何日も前から準備していたかのようだわ」

突然とは思えぬ歓迎の濃さだ。

「たぶん祭りの準備を流用したのだろう。どこの町も季節ごとに祭りがあるからな」

「季節ごとに？　年に四回もお祭りをするの？」

驚いて質問する。

「他にも町ごとの独自の祭りがあるから、年に六、七回はあると思う」

「そんなにお祭りばかりやっていて、仕事に支障が出ないかしら。私の国ではお祭りはどこも年に一度よ」

春の感謝祭を、国を挙げて盛大に催す。仕事を休ませるのは祭りの期間と冬の長期休暇の間だけだと告げる。

「次の祭りまであと少しだ、今の仕事をそれまで真面目に頑張ろうという考えもある。多い少ないでは決められないよ」

「そうだけど……」

ソフィアは窓の外を見渡す。

花びらの舞うロテルスの町並みは、とても綺麗だった。建物の壁は柔らかな乳白色で、レンガ色の瓦を葺いた尖った屋根を持っている。窓には溢れるほどの花が植えられ、蝶や小鳥が飛び回っていた。

建物の一階部分は商店が軒を連ねていて、どこも活気に溢れている。パンや食料品を売る店、カフェ、食堂、仕立屋、靴屋、鞄屋など、ロウールにもある生活に必要不可欠な店だ。

他に、外国の小物を扱う店、女性とお酒を飲む店、美容マッサージの店、占いの店など、生活には直接必要のない店も見受けられる。ロウールでは許可がないと営業が認められず、許可もほとんど下りないため、あまり目にすることはない。そんな店が、複数あることに違和感を覚える。

（やっぱりちょっと不真面目ではないかしら）

この国は大国で末端の人々まで裕福だから、無駄遣いのお店も多いに違いない。

「不満そうな表情だな」

　ジェラルドがソフィアの顔を覗き込む。

「不満ではないけれど、こんなに無駄が多いと不安になるわ。町が破産したりしないかしら」

「この町は比較的財政は豊かだよ。ここが破産するようなことになれば、ハルスラス王国自体が危機に陥るだろう」

「まあ、もしかしてハルスラス王国も財政難になっているの？」

　心配な表情を浮かべてジェラルドに問いかける。

「大丈夫だよ。どこも財政は盤石《ばんじゃく》だ。それに、無駄と思えることでも、それが生き甲斐となって生活を豊かにすることもあるよ」

　祭りと同じだという。

「そう……ね……」

　あまり同意したくないけれど、現実はロウールよりハルスラスの方が、ずっと豊かで幸せそうだ。

（本当に幸せそう……）

　馬車の窓から見える人々の表情が明るい。

ふっくらしたバラ色の頬を持つ子どもたち。大きなエプロンをした恰幅のいい女性。ビール腹のおじさんは赤い鼻を膨らませて笑っている。

頼まれたわけでもないのに、王族の馬車へ楽しそうに手を振っていた。

あんな表情をロウールで見ることは、あまりない。

ロウールでは、皆険しい表情で必死に働いていた。ソフィアが視察に行くと、手を振るよりも握手をして、水路や道路の整備をよろしくお願いしますと訴えられる。生活を少しでも楽にするために倹約を重ね、自分たちも頑張りますと言っていた。

「浮かない表情だな?」

考え込むソフィアにジェラルドが問いかける。

「あ、えっと、ロウールでこの町のような生活をしたら、あっという間に破産してしまうと考えていて」

苦笑を浮かべて答えた。

「それはやり方次第だよ。上手くやれば逆に豊かになると思うよ」

「そうなの? どうすればいいの?」

馬車の中で身体を乗り出してジェラルドに問いかける。

「それは、タダでは教えられないなあ」

乗り出したことでジェラルドのすぐ近くに来ていたソフィアの胸を、ちょんっと指で押した。

「何が欲しいの？」

「おまえには身体しかないだろう？」

ニヤリと笑う。

（まさかいますぐここで？）

嫌な予感がしたが、

「晩餐会が終わったら思いきり抱いてもいい？」

という返事にほっとした。

「わ、わかったわ」

ソフィアはうなずく。

「やったね。約束だよ。おっと、着いた。さあ行こう」

ソフィアの手を握ると、ジェラルドは腰を上げた。

ジェラルドに手を引かれて馬車から降りると、再び大きな歓声で出迎えられた。

「ロウールの王女さまだ。可愛い！」

「本当だ。お人形のように可愛いな」

「ソフィア王女さま可愛らしいわあ」

口々にソフィアを賞賛する声が聞こえてくる。

「おかあさまあ。王女さまかわいい〜。ドレスもすてき〜」

小さな女の子も目を輝かせてソフィアを見ていた。

（わ……わたしはもう二十五歳よ……）

可愛いと言われる歳ではない。

幼く見られがちのソフィアは、ロウールでも可愛いと言われていたが、こんなに何度も言われることはなかったので、こそばゆい気分だ。

（ドレスのせいかも）

外出用のドレスには、フリルやリボンが沢山ついていた。宝石もついているけれど、甘さや可愛さの方が強い。

「もっと大人っぽいドレスの方が良かったかしら」

思わずつぶやくと、

「ソフィア王女さまはそのドレスがいいわ!」

近くにいた十歳くらいの女の子が叫んだ。

「そ、そう?」

思わず聞き返す。

「だっていっぱいフリルがついているもの。わたしも大きくなったら、同じドレスを着たいわ!」

女の子が答えた。

「わたしもわたしも!」

「私は次のお祭りで、同じのを作ってもらうわ」

近くにいた少し年上の少女が自慢げに言った。

「えー。私はソフィアさまがこの国にいらした時のドレスと同じのを注文しちゃったわ。でもあれも素敵だからいいの」

隣にいた同じ歳くらいの少女が続けて言う。

「おまえは流行の発信源になっているな」

ジェラルドはソフィアの手を引き、馬車を停めた前の店に入っていく。

「おまえのおかげでこの町の仕立屋は、ドレスの注文が殺到するだろう。しばらく寝る暇もないほど忙しくなるな」

「そうなの？」

「親は娘たちのドレスを作ってやるために頑張って働くし、娘たちはドレスを買ってもらうため真面目に勉強や家事手伝いをする。仕立屋は臨時収入で今まで我慢していた物を買い、購入先の店も収入が増えるという仕組みだ」

言いながらジェラルドは人差し指を、空中に輪を描くように回した。

「それって、もしかして先ほどの答え？」

「おまえはやはり賢いな。そうだよ。経済を上手く回せば、破産せず豊かになれるということだ」

ジェラルドの言葉にソフィアは納得する。

「あ……これ」

店の中の壁にソフィアの絵が貼ってあった。王宮の正面車寄せと思える場所で、馬車から降りて手を振っている。

「ああ、おまえが来た時の絵だ。王国内に号外で配られたものだよ。おまえの可愛らしさがよく描けているな。まあ、本物にはかなわないが」

ジェラルドがソフィアの前に立って嬉しそうに眺めている。

あの時近くに絵師が控えていたのは知っていたけれど、それがこういう絵となって王都に配られていたのだ。

ロウールでも絵でお報せが出ることは珍しくないが、到着一週間で町の小さな店にまで行きわたっていることに驚く。

前に立つジェラルドの横から絵を覗き込むと、ロウール王国のソフィア王女が到着したというような見出しが見えた。その下にも何か書かれていたが、ジェラルドが手を突いているために隠れている。

手の下を見せてと言おうとした時、

『おかーさーん、わたしも王女さまのドレスがほしーわー！』

自分と同じドレスを欲しがる少女たちの声が再び外から聞こえてきた。彼女たちにとって外国の王女というのは、本当に憧れの存在のようである。

(でもきっと、わたしのことはこの国を一時的に訪れた賓客だと思っているのよね？)

国王の妾としてやってきて、今は王太子の妾に払い下げられているのだと知ったら、彼女たちの憧れの王女さまではなくなるに違いない。

おとぎ話の王子さまとお姫さまのように、王太子のジェラルドと結婚する王女という立場ならよかったのに……と、考えてしまい、

(そ、そんなの無理よ！)

心の中で否定する。

(だってわたしは……八歳も年上の妾なのだもの)

自分の立場と年齢を思うと、なんだか悲しくなってきた。

そして、皆から憧れられ賞賛されるほど、心苦しくなってしまう。

どんよりと気落ちしていると、

「で、どれにする？」

ジェラルドが目の前にある棚を指した。

(なんのこと？)

視線を前に向ける。

「まあ、綺麗なハンカチが沢山……」

絹のハンカチが並んでいた。繊細なレース編みの縁取りがされていて、とても上品で美しい光沢を放っている。

「馬車の中でおまえのを汚してしまったからな」

「え……あっ！」

思い出してソフィアは顔を赤らめた。

馬車内で欲情してしまったジェラルドを手で慰め、彼の精を受け止めるためにソフィアのハンカチを使ったのである。

「もしかして、そのためにこの町に寄ったの？」

「そうだよ。どれがいい？　気に入ったのがあれば何枚でもいいぞ」

「何枚もいらないわ。一枚だけで十分」

そういう贅沢はしないというふうにソフィアは首を振った。

「そんなことを言うと、あそこにいる店主ががっかりするぞ。おまえが選んだ物は、この後飛ぶように売れるはずだからな」

店の奥の壁際に立っている中年の女性が、苦笑を浮かべて立っている。

「お二人が来てくださっただけで十分でございます」

女性が深々と頭を下げた。

この店は女性の手作り雑貨が置いてあるという。ハンカチのような小物から、ベビー服、レースの小物入れカバー、刺繍のストールなど、上品で可愛らしい商品が並んでいた。

凝った刺繍のハンカチは、普通のハンカチに比べたら高額である。でも、それだけ払ってもいいと思わせる美しさがあった。

（これは贅沢品で、買うのは無駄遣いだと思うわ。でも……）

持っていると気分が明るくなるような気がする。

そして、ソフィアがこれを買うことにより、店の売上げが上がる。その売上げで女性は息子に本を買ってやれるのだと、ジェラルドが耳打ちした。

「これにするわ」

ドレスに合う薄桃色のハンカチを選んだ。

「じゃあ店主、これと、あとこの二枚をもらっていくよ」

女性にハンカチを示すと、ジェラルドは従者に支払いを命じた。ソフィアが選んだハンカチの色違いと、飾りのないシンプルなものの合計三枚である。

「その二枚は?」

選んだハンカチをジェラルドから手渡され、ソフィアは質問した。

「一枚は母上に。もう一枚は……帰りの馬車で使う分だ」

ニヤリと意味深な笑顔を浮かべると、ソフィアの手を握った。そのまま店を出ると足早に馬車の方へ歩いて行く。

(使うって……まさか……)

ロテルスの町はソフィアにとって、おもちゃ箱のように楽しかった。小さい町ながら上下水道などの基盤や流通経路が整備されていて、商店などに活気がある。治安も良く、人々は安心して暮らしているようだ。

パン屋などの商店にも入らせてもらい、商品の豊富さに感心する。

「これは？」

不思議な形に曲がったパンについてソフィアが質問する。

「そちらは、魔女のステッキ形バケットでございます。食の細いお子さんでも、楽しく遊んでいるうちに食べ終えられるように作られております」

と店主から説明された。

「同じパンでも、ちょっと形を工夫すると楽しく食べられるのね」

お腹がいっぱいになればいい、という作られ方ではない。

「お隣は乾物屋さんかしら、そこにも入っていい？」

ジェラルドに問うと、難しい表情で首を振られてしまった。

「そろそろ戻らないと時間がない」

晩餐会があるのだからといいたげにソフィアに告げる。

「そ、そうだったわね。じゃあ、お店の前にいる人たちに、お話だけでも聞いてみたいのだけれど？」

ソフィアたちが訪れる店の周りには、見物の人々が群がっていた。でも、一定の距離を保つようにと、役人たちがその前に立ちはだかっているため、人々と直接話をしたり交流したりすることは出来ない。

ロテルスの町に来て、これまでに交流と言えるのはレースのハンカチを買ったお店の前で、女の子に声をかけられただけである。

「は、話もだめだ。遅くなる」

ジェラルドはソフィアの腕を摑むと、焦ったようにパン屋から出た。出た途端、人々から歓声が上がり、ソフィアは手を振らなくてはならなくなる。それらから逃れるように、店の前に停めてあった馬車にジェラルドから押し込まれた。

「そんなに時間がないの？」

「ない。いや、あるけれど、俺が忙しいんだ。晩餐会の前に片づけなくてはならない仕事がある」

今日はソフィアのために時間を空けたけれど、一日中付き合えるわけではないということらしい。

「そうなのね。わたしのために、ありがとう」

ハルスラス王国のすべての町をロテルスのようにするには、大変な時間と労力が必要だろう。その中心となっているのがジェラルドなのだから、忙しいのは当然だ。行為の引き換えとはいえ、時間を作ってくれたことにソフィアは感謝の気持ちを覚えた。

のだけれど……。

「随分走ったから、もうそろそろいいかな」

後方を覗き込むようにジェラルドが車窓に顔を寄せた。ロテルスの町が遠く離れていくのが、ソフィアの座る方の窓からもわかる。

「どうし……きゃっ！」

問いかけようとしたソフィアに、ジェラルドががばっと抱きついてきた。

「あーやっと二人きりになれた！」

という言葉に続いて、彼の手がソフィアの胸を摑む。

「きゃっ、ジェラルドさま！　こんなところで何を！」

腕の中でソフィアはじたばたする。

「何って、このハンカチを使うことだよ」

ソフィアを抱き締めながら答えた。

「そ、それって……あっ！」

行きの馬車での淫行を思い出したソフィアの太腿に、既に硬くなっているジェラルドの熱棒が押し付けられている。ドレスとジェラルドの下衣が間に挟まっているが、硬さと熱っぽさがはっきり伝わってきた。

行きと同様に、彼のモノを扱いて射精させられるに違いない。先ほど買ったシンプルなハンカチは、やっぱりそれに使うためなのだ。

「ま、また出す……の？」

戸惑いと羞恥に赤くなりながらジェラルドに問いかける。

「うん。もうハンカチを買った瞬間から、我慢するのが大変だった」

苦笑交じりにジェラルドが答えた。

「もしかして……だから時間がないって、言っていたの？」

晩餐会は口実で、早く馬車の中で二人きりになりたかったからではないかと気づく。

「えっ？　まあ、そうかな。だって、こんなになっているんだよ」

ソフィアの手首を握り、ジェラルドの熱棒に触れさせた。

「あ……っ！」

いつのまにか下衣から取り出されていたジェラルドのものは、熱く硬く滾っている。その立派さに、ソフィアは思わず息を呑んだ。

「わかってくれた？」

緑色の切れ長の目で切なそうに見つめられる。

妾と二人きりになったなら、誰でもこんなふうになるのだろうか。それとも、自分だからこんなに興奮しているのか……。

どちらなのか聞きたいけれど、聞けるような状況じゃない。それに、もし、誰でもいいと言われたら、きっと傷ついてしまう。

考え悩むソフィアの耳に、ジェラルドの吐息がかかった。

「あ……」

びくっとして思わず手に力を入れてしまったら、ジェラルドの熱棒がどくんどくんと脈打つ。

「来た時みたいに、してくれよ」

低く掠れた声で耳に囁かれ、心臓が大きく跳ねた。手の中の熱棒が、刺激を待ち焦がれているかのように震えている。

「し、してあげても、いいけど……また、今日みたいに、連れてきてくれる？」

恥ずかしさを隠すように、ソフィアは取引を持ちかけた。

「いいよ。おまえを抱けるなら、何でもしてやる」

甘い言葉が返ってくる。

「わかったわ」

手に力を込めて熱棒を握ると、どくんと脈打った。ゆっくりと手を上下に動かしたら、うっという呻き声がジェラルドから漏れる。

「き、気持ちいい？」

扱きながら問いかけると、うん、という声が小さく聞こえた。

（あ……胸を……）

ソフィアの胸を掴んでいたジェラルドの手が、やわやわと揉むような動きを始めている。しばらくすると、耳にかかっていた彼の吐息がふっと消えた。

「え……」

身体を起こしたジェラルドが、真上からソフィアを見下ろしている。興奮した色っぽい目に見つめられ、ドキッとした。

彼の形のいい唇がゆっくりと落ちてくる。

「ん……」

ソフィアの唇に重ねられた。

口づけをされて、思わず目を閉じてしまったら、手の中の熱棒がいっそうリアルに感じた。硬くて太い。

「んんっ……う……っ」

口腔に入ってきたジェラルドの舌に翻弄されながらも、ソフィアは熱棒を扱き続ける。先端から先走りの露が溢れ出て、ソフィアの人差し指と親指の間を濡らしていく。ぬるっとした感触と青い香りが、夜の閨での交接を思い出させた。

（あ……なんか……）

キスと淫らな行為に興奮している自分に気づく。こんな馬車の中で、はしたないわと自分を制するけれど、高まってくる気持ちよさには抗えないものがあった。

ジェラルドが果てるまで、淫らな気持ちよさを楽しんでいるしかないと手を動かす。

だが、ジェラルドの行為はキスと胸だけでは終わりにならなかった。胸を揉んでいない手が、ソフィアのスカートの中に入ってきたのである。

「ジェラルドさま、な、何をっ！」

口づけを外し、ソフィアは焦って抗議をした。

「中にも触れたい」

言いながらドロワを留めている紐を引っ張る。

「そ、そんな、あっ、中に……んっ」

ドロワの中にジェラルドの手が滑り込み、ソフィアの秘部を撫でた。

「行きはおまえの手だけで我慢したけど、帰りはここもいいだろう?」

「よくないわ、困るわ、こんなところを覗かれたらどうするの」

「ここは麦畑が続く道だから人通りはないし、もしいても馬車の中は下まで見えないから大丈夫だよ」

「そんな……だめよ!　あ、ふぅんっ」

ジェラルドの指に淫芯を摘まれ、刺激的な快感にソフィアは喘いだ。

「ふふ、いい声が出るじゃないか。ここ弄られるのが好きだろう?」

少し嫌味っぽく問いかけられる。

「う、っだめ、そこは」

ソフィアのそこは毎晩たっぷり可愛がられていて、少しの刺激でも快感に悶えてしまうようになっていた。

「ほら、手が止まっているよ。俺が出すまで、ここを可愛がり続けるからな」

「そんな、あ、あぁんっ」

強い快感に苛まれながら、ジェラルドの熱棒を握る手を動かす。

「すごく色っぽいな。この胸も同時に味わいたいが……まあ、これを脱がせるのはやめておこう。おまえの色っぽい胸を見ていいのは俺だけだからな」

というジェラルドの言葉にほっとする。馬車の中でドレスを脱がされたら、外から見えてしまうかもしれないし、城に着いた時に恥ずかしいことになってしまう。

「だから今は、ここだけで我慢だな」

淫芯を弄っていた指が、つっと移動した。

「あ、もう濡れている」

蜜壺の入り口である淫唇が、ぬるりと滑ったのをソフィアも自覚する。

(ああ、恥ずかしい……)

「俺を握っただけで感じて濡らしているとはね。本当におまえは可愛いな」

満足そうにつぶやき、くちゅっと水音を立てて蜜壺に指を挿入した。

「あ、だめ、挿れちゃ……あっ、んんっ」

首を振るけれど、彼の長い指を迎え入れた蜜壺から快感の熱が伝わり、ソフィアははしたなく喘いでしまう。

「ふふ、気持ちいい？」

くちゅっ、くちゅっと淫らな水音をさせながら、ジェラルドが指を抽送し始めた。

「はぁ、あんっ、い、いい」

淫らな刺激に抗えず、ソフィアは喘ぎながら素直にうなずいてしまう。

「ほら、おまえも手を動かせよ」

ジェラルドから促されるが、感じすぎて力が入らない。

「うーん。これでは俺は終わらないぞ……」

「だ……だったら……も、抜いて……」

強い快感のせいで、ジェラルドの要求通りのことが出来ないと訴える。

「やだよ。おまえを可愛がりながら射精《だ》したい」

「そ、そんな……む、無理よ、あ、あんっ」

「感度がよすぎる。ま、それもいいところだからな。しょうがない……」

呆れたようにつぶやくと、蜜壺に挿れていた指を抜いた。

「あんっ」

ほっとしたけれど、快感を奪われた身体が疼いて、ソフィアは身悶える。

「手を離せ」

低い声で命じられ、びくっとしてソフィアは熱棒から手を引いた。

「あ、あの……」

どうしたのかと見上げると、ジェラルドにドロワを掴まれる。

「おまえの中に射精《だ》すことにするよ」

紐の緩んでいるドロワが引っ張られた。

「ええっ？　わたしの中って、まさかここで？　あ、だめ、ドロワを脱がさないで！」

こんなところでことに及ぼうとしているジェラルドに驚愕する。

逃げようと彼に背を向けるが、狭い馬車の中である。逃げ場などない。あっという間にドロワを取り去られてしまった。

「ここでは、だめよ！　あ、やあっ」

背後からジェラルドに腰を掴まれ、蜜壺の入り口に熱棒の先端が当てられる。

（ほ、本当に挿れるの？）

ソフィアは焦った。

「い、挿れるのは、やめて、あ、だめ、早すぎ……るっ、うっ」

淫唇を押し広げて、ジェラルドの熱棒が強引に挿入ってくる。

「中も濡れているよ。毎日しているから俺に馴染んだな。いい具合に入っていく」

熱くて太いものが、ソフィアの中に突き刺さっていく。

「や……こんなところで、恥ずかしい……」

「大丈夫だよ」

後ろからソフィアを犯していたジェラルドが、腰を摑んで自分の方へと引き寄せた。前屈みの状態だったソフィアの身体が仰け反る。

「あっ、ああっ！　奥に、くっ」

ジェラルドの上に腰を下ろす格好にされてしまった。彼の熱棒が、ソフィアの身体の奥深くまで突き刺さっている。

「こうすれば、外から見ても俺の上に座っているとしか思わないだろう？」

背後からソフィアの耳にジェラルドが囁く。

ソフィアのドレスのスカートに隠れて、二人の結合部分は見えない。

「そんな……あ、あんっ、中が、震動で……」

馬車の震動が熱棒を震わせ、ソフィアに淫らな刺激を与えていた。

「何もしなくてもいい感じだな」

ジェラルドが苦笑している。

「やんっ、ジェラルドさま、ゆ、揺らさないで」

熱棒が蜜壺の中で小刻みに上下し、いやらしい刺激が断続的に襲ってきた。

「揺らしていないよ。このあたりは道がでこぼこしているんだ」

ソフィアの腰を支えながら答える。

「はあ、ああ、だめ……か、感じて」

「うんと感じていいよ、王宮までまだかかる。何度でも楽しめる」

（何度でもなんて……あっ！）

それは困るわと言おうとしたら、快感が腰骨の奥から急激に膨らんできた。

「い、一日、二回って……やくそく」

喘ぎながらなんとか抗議をする。

「ああそうだね。今日も追加分を後日支払うよ。今度はどこへ視察に行こうか」

毎回視察が楽しみだとソフィアの耳に口づけた。

（まさか毎回？）

悪い予感がする。

「だ、だめよ、こんなところで……するなんて……。それに、こ、今夜は晩餐会が、あるのよ」

馬車の中で二度もされたら、また出られなくなってしまう。

「それは気にしなくていい。辛かったら来週に回して今夜は休めばいいだろ？」

ドレスの上から胸を揉みながら言う。

「また休むなんて、出来ないわ」

「晩餐会は毎週あるのだから、焦る必要はないよ。これが年に一度なら無理をする価値があるのかもしれないが……ああ、そろそろ俺も動いていい？」

馬車の震動だけでは物足りなくなってきたと言うと、ソフィアの返事を待たずに突き上げ始めた。

「ひっ、あ、熱い、やんっ、感じる、だめ、あぁぁっ」

その後は抗議も何も出来ず、ジェラルドの思うままに馬車の中で抱かれてしまったのである。

第七章　屈辱の晩餐会

その日の夕刻。

城の中の照明に明かりが灯された。濃紺の闇に覆われていた王宮が、黄金色に輝き始める。

ソフィアは焦りながら鏡の前に腰を下ろしていた。

「早くしないと晩餐会が始まってしまうわ」

今宵はなんとしても出席して、国王と王妃に挨拶をしなくてはならない。いくら妾をしにきたとはいえ、自分はロウールの王女である。ロウール王国の代表として、援助のお礼とこれから三年間お世話になることの挨拶をきちんとしたい。

なのに、帰りの馬車で思いきりジェラルドに楽しまれてしまい、城に戻るのが遅れてしまった。

馬車のなかで散々やられてしまったので、入浴や着替えなどにも時間がかかり、支度が大幅に遅れているのである。

「急いでちょうだいね」

後ろで髪を結ってくれているミラー侍女長にお願いする。

「はい。でも、しっかり結いませんと緩んだら大変ですわ。王妃さまから賜ったドレスを召されるのですから、手は抜けません。王妃さまはきちんとした方で、礼儀作法にとても厳しいお方なのです」

ソフィアが晩餐会に出ることを伝えたところ、王妃からドレスが届いた。胸元に花飾りがついていて、全体にピンクパールがちりばめられている。豪華さと可愛らしさを併せ持っていて、童顔のソフィアに似合いそうなドレスだ。

「今宵は上級貴族の令嬢も沢山招待されていると伺いましたよ」

たっぷりとした金髪にブラシを滑らせながら言う。

「まあ本当に?」

ハルスラスに来てから、同年代の貴族の女性に会うのは初めてだ。

(お友達になれるような人がいるかしら)

ロウールにいた頃は、上級貴族の子女が数人ソフィアの友人として取り巻いていた。彼女たちとは立場も趣味も違うので話が合うことはなかったが、同年代ということでそれなりに楽しく過ごしたのである。

今は皆嫁いでしまったし、ソフィアは国土開発に専念していたため、近年は友人付き合いする者はいなくなった。侍女たちと話をするくらいだが、立場や身分に隔たりが大きいので友人になるのは難しい。

ロウールから遠く離れたここで、親しい友人が出来たらいいなと思う。

「これでいかがでしょうか」

ミラー侍女長の声がして、はっとして鏡を見る。

髪をサイドからふわりと持ち上げ、ピンク色の花と真珠のピンが差し込まれている。後ろはクルクルと巻き髪にされていて、華やかで可愛らしい髪型になっていた。

(少し可愛すぎるような……)

もう少し大人っぽい髪型にしてほしかったけれど、直す時間はない。

「これでいいわ。ありがとう」

ソフィアは立ち上がる。

「あの、イヤリングやネックレスなどの装飾品はいかがいたしましょうか」

アクセサリーの箱を抱えていた侍女が声をかけた。

「いらないわ。髪飾りだけで十分」

ロウールでも装飾品は出来るだけ少なくしていたし、今日のドレスはスカートの部分にも小さな真珠が沢山縫い込まれているので、これだけでかなり華美な印象がある。

「でも、晩餐会なのですから、首飾りくらいは……」

「ああもうこんな時間。王宮へ急がなくては！」

侍女の勧めを断り、ソフィアは立ち上がる。ここから王宮殿にある大広間まで、かなりの距離があった。

妃の宮殿から出て王太子の宮殿を抜け、王宮殿に繋がる廊下を急ぐ。ここを通るのは、ハルスラス王国に訪れた日以来である。ジェラルドと外出した際は、王太子の宮殿専用の御車寄せから馬車に乗ったので、王宮殿へは行かなかったのだ。

謁見の間に隣接した大広間が晩餐会会場だが、本日は舞踏会が催されるらしい。大広間の手前にある廊下と直結した次の間で、正装した貴族が数人立ち話をしている。その手前に、五、六人の若い女性が集まっていた。

（あれが上級貴族の女性たち？）

光沢のある生地に錦糸で華やかな刺繍が施されたドレスや、宝石で作られた髪飾りやネックレス、ブローチやブレスレットなど、フル装備している。遠目からでも彼女たちの身に着けている物がキラキラと煌めいているのがわかった。

派手かなと思ったソフィアのドレスが地味に思えるほど、彼女たちの装いは華やかである。歩いてくるソフィアに数人が気づき、はっとした表情でこちらを見た。

「あれ、もしかして……」

「そうじゃない？　見たことのない娘だもの」

「本当に来るとは思わなかったわ」

「噂通り若いのね」

「無理に若作りしてるんじゃない？　二十五歳よ」

「えー。あれで二十五？」

「頭がいいようには見えないわ」

彼女たちに近づくと、意地悪な囁きが聞こえてきた。

（あ……そうなんだ）

聞こえてきた言葉で、自分は歓迎されていないことを知る。

いくら王女とはいえソフィアは王太子の妾だ。彼女たちから見たら蔑む対象だったのかもしれない。

これまでずっと、王女という上からの立場で人付き合いをしていたので、自分の立場の認識が甘かったようだ。

（今夜はご挨拶をするだけだわね）

友人どころか知人すら作れない雰囲気に落胆しながら歩く。

「あのドレス、真珠があしらわれているわ」

「綺麗だけれど地味な装いね」

「自信があるのよ。なにしろ殿下の気を引かなくていいのだもの」

「ロウールなんて小国じゃない。私の父の領地と変わらないわ」

ソフィアの装いをジロジロと見ながら聞こえよがしに嫌味を言っている。

（やっぱり装飾品も着けてくればよかったかしら。でも、無駄に派手にしてもねえ）

彼女たちに向かって挨拶をしようとした時、

「ソフィアさま！　こちらでございます！」

後ろからミラーの声がした。振り向くと慌てた表情を浮かべて、急ぎ足でこちらに向かってきている。

「こちらは一般貴族用でございます。あちらの王族用控室へいらしてくださいませ。王妃さまがお呼びでございます」

「わかったわ」

冷たい視線を送ってくる彼女たちと一緒にいなくていいことに、ほっとしながら歩く。

しかし……。

王族用控室は、ソフィアにとってもっと居心地の悪いところであった。

「失礼いたします。ソフィア・ロウールでございます」

臙脂色のカーテン前で告げる。

「入ったら扉を閉めて侍女は外で待機させよ」

奥から声がした。部屋の奥を見ると、黄金で縁どられた豪華な長椅子に中年の女性が腰を下ろしている。

ジェラルドと同じ黒髪に緑色の瞳。鋭い視線を送ってくる目がそっくりで、彼の母親である王妃だとすぐにわかった。王妃の後ろには、侍女と思われる鼻の尖った白髪の女性が立っている。

ソフィアが部屋に踏み込むと、後ろでミラーが扉を閉めた。彼女は外で待機である。

王族用控室には、王妃と侍女とソフィアの三人だけであるが、ものすごい緊張感が漂っていた。嫌な空気を感じながら、ソフィアは王妃の前まで進む。

「ソフィア・ロウールでございます。王妃さまにお会いできましたこと、大変嬉しく思います」

　ドレスの裾を持ち上げて膝を曲げる。

「ロウールの王女？　そんな身なりで？」

　王妃の片眉が吊り上がり、怪訝な目を向けられた。

　王妃はロイヤルブルーのドレスに黄金の勲章がいくつも着いた太い肩かけベルトをしている。その上からダイヤモンドや大粒のサファイヤが煌めく首飾りを着けていて、思い切り正装をしていた。

　王妃の厳しい視線を受けて、自分の国の基準で装飾品を着けずに来てしまったのは失敗だったとすぐさま思う。無駄に派手であっても、ここの基準に合わせるべきだった。

　後悔しているソフィアへ、

「そなたはハルスラス王家を陥れようとしているのか？」

　厳しい口調で問いかけられた。

「いえ、そのようなことはございません。なぜそのように思われたのでしょうか」

　驚いて問い返す。

「公の場に初めて出るというのに、そのような身なりで……」

　眉間に皺を寄せ、扇を半分広げて口元に当てた。やはりソフィアの格好に不満を抱いているようである。

「も、申し訳ございません。不勉強でございました」

ソフィアは膝をついて頭を下げた。侍女たちが用意した装飾品を着けてこなかったのが悔やまれる。

「そもそも、前回の晩餐会に出るのを直前にやめたと欠席されて、どれだけ私たちが恥をかいたことか」

「あれは……大変失礼いたしました。体調がすぐれなかったもので……」

欠席したのは、ジェラルドから足腰が立たなくなるほどされてしまったせいなのだが、ここで言えるものではない。

「しかも今宵は、そのような格式の低いドレスで来るとはのう。王太子が侮《あなど》られていると思われるではないか」

「格式が低い？　でもこのドレスは……王妃さまからでは？」

ミラー侍女長が、晩餐会で着るように王妃から届けられたと言っていたのだ。違っていたのだろうか。

装飾品を着けてこなかったことを咎められたと思っていたらドレスに言及されて、ソフィアは混乱しながら問い返す。

「夜会には相応しくない花飾りと真珠のドレスを、私が届けさせるわけがないであろう？　嘘の言いわけをするでない」

花飾りのドレスは昼食会やガーデンパーティ用に着用するものだと言われた。

（それは知っているけれど……）

しかし、王妃から届けられたのだから、この国では夜会でも花飾りを着けるのかもしれないと思ったのである。

「嘘ではございません。向こうにいる侍女に確認を……」

ソフィアは出入り口を指し示す。

「そもそも、王太子の妾風情が、晩餐会に出ようなどと思うこと自体がおこがましい」

大きなため息とともに言われて、ソフィアは目を見開く。

「あの……」

「小国とはいえ一応王女なのだから、到着した時に挨拶をする程度は仕方のないことじゃと諦めていたが……」

そこまで言うと、ソフィアの顔を緑色の目で睨んだ。

「王太子の妾となり下がってから来られても、迷惑じゃ」

「そんな……」

王妃の言葉にソフィアの心が深く傷ついた。わかっていても、妾だと蔑まれるのは辛いものがある。

床に跪《ひざまず》き、傷ついた表情で見上げるソフィアに、王妃は椅子から身を乗り出した。

「よいか。おまえはここでは王女ではない。王太子の慰み者じゃ」

ひどい言葉が投げかけられる。

(慰み者……)

ソフィアの心が更に傷つく。

「おまえのような者に王宮を我が物顔で歩かれては、ハルスラス王家が蔑ろにされていると嗤《わら》われる」

王妃の言葉に、ソフィアははっとして顔を上げる。

「わたしは本当に嘘などついておりません。このドレスは、侍女が王妃さまから賜わったと持ってきたのでございます」

申し開きをするけれど、

「おおいやだ」

王妃は聞く耳を持たないとばかりにソフィアから顔を背けた。

「言いわけは聞きたくない。不愉快じゃ。とにかく、今宵そなたが晩餐会に出るのは禁じる。部屋に戻っておれ」

「……そんな……」

「今後、王太子の宮殿以外をうろつくでないぞ。ジェラルドの妾であることも、口外することは禁止じゃ。そなたが王太子を蔑ろにする妾王女だという噂が広まったら、こちらの恥になるからのう」

「王太子殿下を蔑ろになどしておりません！　先週は本当に体調が悪かったのです。ドレスの件は、用意が至らず大変申し訳ございません。でも、ハルスラス王国を蔑ろにするためでは決してございません」

必死に訴えるソフィアの方に、王妃の後ろにいる白髪の侍女が近づいてきた。

「王太子殿下の宮殿にお戻りくださいませ。今後は許可なく王宮殿《こちら》にいらっしゃるのはご遠慮くださいませ」

冷たい声で告げると、カツカツと出入り口へ歩いていく。王族用控室の扉を開き、出て行くようにと手で促された。

「うっ……っ！」

ソフィアは仕方なく立ち上がる。

王妃は聞く耳を持たないし、ソフィアに対して悪感情を持っているのは明白だ。これ以上言いわけをしても無駄だろう。

「し、失礼いたします」

唇を震わせながら言うと、開け放たれた扉へ向かった。

「ソフィアさま。お待ちください。ソフィアさま」

王宮から出て王太子の宮殿に繋がる廊下で、ミラー侍女長に呼び止められる。

「外でお話を聞いておりました。そのドレスは、王妃さま付きのリラ女官長から届けられたものでございます」

「リラ女官長とは、王族控室の中にいた侍女のこと？」

王妃の後ろに控えていた白髪の女性のことを思い浮かべる。

「そうでございます。本日の晩餐会でソフィアさまがお召しになるようにと……。わたくしも夜会用にしては格の低い軽い雰囲気のドレスだなと思いましたが……ソフィアさまのお可愛らしさを強調なさるお考えかと思っておりました」

王太子の相手としてロウール王国から来た可愛い王女、という演出だと思ったのだという。

「そう……」

「わたくし、リラ女官長のところへ行って参ります。王妃さまにも直訴させていただきますわ」

「待って、もういいわ」

ミラーを止める。

「でも」

「あれはわたしを晩餐会に出さない口実なのよ。あなたのせいでも女官長のせいでもないわ」

おそらく、王妃自身の策略だろう。

初めから王妃は、ソフィアを晩餐会に出席させるつもりはなかったのだ。

そもそも自分は、夫である国王の妾としてやってきたのである。そんな女を快く思うはずがない。王妃にとって自分は邪魔者であり、煩《わずら》わしい存在なのだ。

(そんなの、初めからわかっているわ……)

心の中で強がってみたけれど、思い知らせるような言葉を口にした王妃の顔が頭に浮かぶと、辛い気持ちに押しつぶされそうになる。

「わたし、しばらく休むから……」

ひとりにしてと言い残し、ソフィアは寝室に入った。ドレスを脱ぎ捨て、ベッドに突っ伏す。

自分は水路を作る資金のためにここに来たのだ。

ジェラルドの母親に認められるためではない。

王妃に嫌われても関係ない。

貴族の子女から嘲笑されても構わない。

妾は蔑まれて当然だ。

王女としての扱いを受けられなくても、嘆くことなどない。


ベッドの中でその言葉を、何回も何回も頭の中で繰り返す。だけど、繰り返せば繰り返すほど、胸が苦しくなった。

(どうして?)

覚悟していたことなのに、なぜ苦しくなるのだろう。

妾風情と王妃から蔑まれるのは、予想の範囲ではなかったか。

皆からそういう目で見られても、別にいいではないか。

だけど……。

『おかーさーん、わたしも王女さまのドレスがほしーわー!』

少女たちの声が頭の中に響いてきて、ソフィアの目に涙が溢れた。

あの子たちがソフィアの事情を知ったらどう思うだろう。憧れが一瞬で蔑みに変わるかもしれない。

王妃や貴族の令嬢たちに蔑まれるのは耐えられる。でも、今日の昼に出会った人々にそんな目で見られたら、辛くて耐えられない。

「わたし……」

ソフィアは自分の行動が愚かだったことを自覚した。

（軽い気持ちで妾になりにくるのではなかったわ）

後悔の気持ちに胸が締め付けられ、ぎゅっと夜着の胸元を握り締める。

（わたし……）

ロウールの王女として皆に迎えられたかった。

皆の期待を裏切ったりしたくない。

ジェラルドの妾などではなく……正式な……。

そこまで考えてはっとする。

（正式な……なに？）

とんでもないことを考えてしまいそうになり、ソフィアは頭を振った。

（いけない。考えてはいけない）

そんな叶わない望みなど、抱いてはいけない。

（わ、わたしは三年間妾をして、国に帰るんだから……）

今更女の幸せがほしいなんて、それこそ夢みたいな愚かな話だ。

自分にとって、大切なのはロウールだ。ロウールのはずだ。

それ以外のことは考えてはいけない。考えないようにしようと、ソフィアは枕に突っ伏す。

「なあ、どこか苦しいのか？」

突然頭上からジェラルドの声がした。

びっくりして顔を上げると、いつのまにかジェラルドがベッドの端に腰を下ろしている。

「あ……っ！」

ソフィアの顔を心配そうに覗き込んでいた。

「ど、どうして、ここに？　ば、晩餐会は？」

「おまえが母上にひどいことを言われたとミラーが報告しにきたから、抜け出してきたんだよ」

ジェラルドも支度に手間取っていて、遅れて晩餐会に出た。ソフィアの姿がないので訝しく思っていたところ、ミラーが来たのだという。

「べ、べつにひどいことを言われたわけではないわ……」

当然のことを言われただけだ。

「それなのに、なぜ泣いている?」

「う……っ!」

「涙も涙の痕も、しっかり見えているよ」

ジェラルドの手がソフィアの顔に伸びてきて、指先で目じりに触れた。

「め、妾だから王宮殿に入ってはいけないって、言われたのが悲しかっただけよ」

少し強がって答える。

「そうか……それは悪かったな……」

ジェラルドの手がソフィアの頭をそっと抱えた。

「母上はきつい性格だからな。父上が放蕩者だったから、この国に嫁いですぐから苦労の連続だったんだ。乱れていた王宮の秩序を現在の姿まで整えたのは母上だからね。ちょっとしたことにも厳しいんだ」

「ええ……わかっているわ……わかっているけれど、悲しくなったのよ」

ソフィアは自分を優しく抱き締めてくれるジェラルドの胸を、そっと押した。

「もう大丈夫だから、ジェラルドさまは晩餐会に戻ってらして」

「大丈夫っていう顔じゃないな」

ソフィアの潤んだ目を見下ろしてため息をつく。

「でも、ここでジェラルドさまが欠席なさったら、王妃さまはもっと怒ってしまわれるわ」

だから早く王宮に戻ってくれとソフィアは訴える。

「戻らない。今夜はもうずっとおまえといる」

ソフィアから身体を離すと、ジェラルドは豪華な王太子用の上着を脱いだ。

「だめよ！　王妃さまに叱られるわ」

「母親に叱られるのが恐い年齢じゃないよ」

苦笑しながらジェラルドはレースの胸飾りや腰に佩いた剣を外し、靴も脱ぎ捨てる。

「よっと！」

白いブラウスとひざ下までの下衣だけになると、ジェラルドはベッドに飛び乗った。

「きゃっ！」

夜着にガウン姿のソフィアの身体が大きく揺れる。

「いやらしい揺れ方だな」

ジェラルドがソフィアの胸を見て苦笑した。コルセットを着けていないので、夜着の中

でソフィアの乳房が上下している。

「だ、だってベッドを揺らすから」

赤くなって胸を押さえる。

(も、もしかして、これからするのかしら？ ……というか、しないわけはないわね)

毎晩欠かさず複数回していて、今夜はこの状況である。しない方が変だ。

ここに来てから、どんなに遅くてもジェラルドはソフィアを抱いている。基本は二回だが、それで済んだ日はない。

追加料金の代わりとして今日の昼間に初めて視察をしたのだが、まだあと六日間残っている。

ドキドキし始めたソフィアの胸に、ジェラルドの手が伸びてきた。胸を押さえている手を摑むと、ゆっくりと引き寄せる。

「少し早いけれど、寝よう。今日は視察に出かけたから疲れただろう？」

ソフィアの身体を自分の隣にいざなうと、掛布でふんわりと二人の身体を覆った。

「寝る？ あの……しないの？」

自分を抱かないのかという意味を込めて、ソフィアの手を握っているだけのジェラルドに問いかけた。

「んっ？　したいの？」

「いえ、そうではないけれど……でも、いつもしてるから……」

耳まで赤くなりながら答える。

「泣くほど傷ついているおまえを、自分の欲望のために抱きたくない」

握っているソフィアの手に力を込めた。

「わたしを慰めてくれているの？」

「まあ、昼間馬車の中でしたからいいよ」

そう言うと、ジェラルドはソフィアから視線を逸らす。

寝室は灯りを落としてあるため、昼間のようには見えないけれど、ジェラルドの顔が赤いように見えた。

握られている手からも、熱っぽさを感じる。

「ジェラルドさま、無理をしていない？」

いくら馬車の中でしたと言っても、精力旺盛なジェラルドがあれだけで満足するはずがない。

「無理しているに決まっているだろ。おまえと二人きりでここにいるんだ」

「じ、じゃあ、無理しなくても……っ！」

無理をしなくてもいいと言おうとしたソフィアに、ジェラルドががばっと覆い被さるように抱きついてきた。

（きゃっ！）

やっぱりするのねと思ったのだが……。

「今日はしない。一度決めたことを簡単に翻したりしないよ。その代わり、明日まとめてするから覚悟しておけよ」

低い声で囁かれた。

「え、ええ……」

明晩は大変なことになりそうである。

「それと、俺の国務を減らして父上にも働いてもらう。母上にも仕事を振り分けてやる」

「ど、どうなさったの？」

続いて言われた内容に腕の中で首をかしげた。

「空いた時間でおまえが視察したい場所に、もっと沢山連れて行けるようにするよ。王宮殿をうろつくなと言われているが、王宮の外もだめとは言われてないからな」

「わたしのために？」

「借りになっている分もあるが、今日のお詫びもしないとな。あとは、おまえがここに来て、少しでもよかったと思ってもらいたい」

優しい声で告げると、ソフィアの身体をぎゅっと抱き締めた。思いやりのこもった彼の言葉に、ソフィアの胸がきゅんっとする。

「あ、ありがとう」

ジェラルドの背中に回した手に力を込め、感動しながら抱き返した。

（わたし……ジェラルドさまが……）

好きだという言葉が頭に浮かんでくる。

（だめよ！）

急いで打ち消しの言葉を頭の中で叫んだ。

そんな大それたことを、考えていいはずがないのだ。

でも……。

好き、という言葉が、頭から消えてくれない。

（そんな思いを抱いてはいけないのに……）

一度自覚してしまうとダメなのか、消しても消しても浮かんでくる。

（八歳も年下なのに）

それでも好き、と続いて思ってしまう。

（どうしよう）

自分は妾なのだ。

ジェラルドを閨で満足させるのが仕事である。

（だけど……）

仕事だから相手を好きになってはいけないのだろうか。妾が自分の主人を好きになってはいけないという決まりはない。

（そうよ！）

ソフィアはジェラルドの腕の中で、自分の閃きに同意した。

（妾として好きになればいいのよ）

それなら誰に咎められることはない。八歳年上だろうと、国王からのお下がりであろうと、関係ない。それは、ソフィア自身の気持ちの問題なのだから……。

そこまで考えて、ジェラルドの腕から力が抜けていることに気づく。

「ジェラルドさま？」

自分を抱いたまま動かない。

（寝息？）

耳にすーすーと聞こえてくる。

（本当に寝てしまったの？）

揃ったまつげを持つ瞼が閉じられていて、ピクリともしない。

その夜。ジェラルドは本当に、ソフィアを抱かずに朝まで寝たのだった。

第八章　恋と嫉妬と後悔

それからのソフィアは、王宮殿や晩餐会に出かけることはなく、ほとんどの時間を王太子妃用の宮殿で過ごした。

妃用の宮殿はゆったりと造られていて、広い中庭も併設されているため閉塞感はない。だが、王妃から投げつけられた言葉がふと頭をよぎることがあり、閉ざされた場所にいなければならない自分の境遇と、妾である立場を思い知らされて悲しい気持ちになった。そのたびに、妾として好きでいればいいのだと自分を慰めるが、どうしても気分が塞いでしまう。

そんなソフィアを気遣うように、ジェラルドはとても優しくしてくれた。忙しいのに時間を作って視察に連れ出し、ソフィアの見たいものや知りたいことに付き合ってくれる。

外出しない時は、少しでも時間が空くと王宮から戻ってきて、ソフィアと一緒に過ごしてくれた。相変わらず夜は精力的だけれど、その時間も以前よりソフィアを愛おしんでくれている気がする。ソフィアの傷ついた心は次第に癒されていった。

「おい、出来たぞ！　観にこいよ」

居間からジェラルドの呼ぶ声がした。

「完成したの？」

書斎にいたソフィアは、居間へと急ぐ。

「まあ立派な！」

大理石の大きなテーブルの上に、粘土で作られた水路の模型が置かれていた。ソフィアが引いた図面を元に、ジェラルドが粘土で作ってくれたのである。

自分の描いた図面が立体となっているのを見て、ソフィアは感動する。一本目の水路は既に着工していて二本目も建設準備に入っているため、この水路は三本目のものだ。

ハルスラス王国内の水路を見学させてもらい、良いところを取り入れて設計しなおした水路である。

「この模型と設計図があれば、今までよりも早く完成するわね」

図面だけでは一部の者しか理解出来ないが、模型があれば字が読めなくともどうすればいいのかわかり、工期も短くて済むはずだとジェラルドが作ってくれたのだ。実際ハルスラスでは建築には模型が大活躍しているという。

「ありがとうございます。ジェラルドさまは器用ね。何でも出来て羨ましいわ」

尊敬のまなざしで見上げる。

「まあな。この王太子と妃の宮殿は、ほとんど俺が設計した。その際に、図面だけでは伝わりにくい部分を補うために模型を作ったら、建設工事で非常に役立った。俺って天才だろう?」

ふふんっと自慢げにソフィアに顔を近づける。

「そ、そうね。とても優秀だと思うわ」

キスをされてしまいそうに近寄られて、思わず後ろに下がった。

「でも、こ、ここにある彫刻や橋脚に模様を刻むのは、む、無駄じゃない?」

水路の要所要所に女神と思える像が立っている。地形の低い場所に渡す橋脚には、凝った模様が刻まれていた。

「無駄じゃないよ。これだけの水路橋が建設されれば、人々の目にいやでも留まる。見る価値があると認識されれば、観光資源になるはずだ。外から観光客が訪れれば、町の財政が潤い経済が活性化する」

この水路は他の二つよりも大きな水路橋を架けることになるので、この場所は利用価値が高いのだと説明された。

「無駄が観光資源に？」

考えてもいなかったことを指摘されてソフィアは驚く。

（でも、そうだわね……）

この国に来て二ヶ月ほど経つ。ジェラルドと一緒に色々なところに行き、沢山の人や物を見て、ソフィアの考えも変わってきていた。

王宮で開かれる華やかな夜会、豪華な食事、着飾った人々、華美ともいえる街並みなど、当初は無駄だと思っていた。でも、それによって物や金が流通する。

王族は人々の自慢と憧れになっているので、彼らの期待に応える身なりにするにはそれなりに高価な物が必要だ。だが、それによって尊敬と忠心を得られるのであれば、無駄ではない。

沿道や町で人々が自分たちに手を振るのは、彼らが王族に抱く意識の表れなのだ。ロウトールでは、ソフィアの働きを人々は認めてくれてはいたけれど、憧れや尊敬、感謝の気持ちといったものは薄かった気がする。

自分は実用にこだわりすぎていたのかもしれない。水路が出来れば農作物の収穫が増え、お腹を空かすことなく生きていけるのだから、それでいいではないかと思っていた。

でも、いくら食べるのに困らなくなったとしても、味気ない生活の繰り返しでは息が詰まる。生きている実感がわかなければ楽しくないし、やる気も出ないのではないか。

ジェラルドはそういったことを、十代前半のうちから考えて王国を運営している。

数年前に激化していく近隣諸国との戦に勝利し、不戦協定を結んで平和な世の中にしたことも、驚異的な能力だと思う。

ジェラルドに対する尊敬や感動が、ソフィアの中で日々増えてきていた。

けれども……。

「模型の礼として、今夜は朝まで挿れていてもいい？」

ソフィアの中に膨らんだ尊敬の気持ちを、一気に萎《しぼ》ませることも言ってくる。自分を求めてくれていると思えば悪くはないが……。

「お、お礼は、今までの貸しを半分にしてあげるわ」

淫らな提案には同様の内容で対応する。

貸しとは、一日二回までと制限した夜の営みを追加したら、ソフィアを国内の視察に連れて行くというものだ。国務を減らして時間を作ってくれたとはいえ、毎晩のように追加し、しかも視察の馬車の中でまでしていたら、ジェラルドへの貸しは増えるばかりである。

それを、この模型で半分消せるのだから悪い話ではない。

「ま、いいか……」

ジェラルドも納得してうなずいている。

「でも、模型を作ってくれて嬉しかったわ。本当にありがとう」

ソフィアはジェラルドの手を両手で握り、お礼の言葉を述べた。

「えっ？　あ、ああ……」

すると、ジェラルドからいつもとは違う反応が返ってきた。

「どうしたの？」

手を握りながら見上げると彼の顔が赤い。戸惑ったような表情をしている。

(こういう時は、自信たっぷりに俺に感謝しろとか、いやらしい要求をしてきたりするのに、具合でも悪いのかしら)

「いや、あの……おまえから……手を握ってくれたのは初めてだったから……」

予想外の答えが戻ってきた。ソフィアから手を握られたことに照れているらしい。

「何回か握っていると思ったけど？」

「おまえから握ってきたのは初めてだよ」

「そうだったかしら」

くすっと笑ってぎゅっと握ると、更にジェラルドの顔が赤くなった。普段、馬車の中や寝室で、もっと恥ずかしい場所をソフィアに握らせ、扱かせたりしているのである。それが、ソフィアから手を握られたと、照れて赤くなっているのだ。

(変な人。でも、なんだかかわいい)

目の前にいるジェラルドが、年相応の少年に見えた。いや、もっと幼いのかもしれない。

「俺は……好きな人から手を握られたことがない……」

ぼそっとつぶやいた。

好きな人というのは自分のことだろうか。胸がドキドキしてくる。

「どういうこと？」

「物心ついた頃から父上は遊び回っていて、母上は王宮内の管理と立て直しに忙しく、二人とも俺の手を握ってくれたことなどなかった。姉上たちも歳が離れすぎていて、俺の相手をする余裕はなかった」

ハルスラス王家には長年王子が誕生せず、ジェラルドはかなり遅く生まれた王太子だったという。好きというのは家族に対する好きのようなので少しがっかりしたが、歳の差を考えれば当然かもしれない。

「ジェラルドさまにはお姉さまがいらしたものね」

「いたけれど、一番下の姉上でも俺とは十五も歳が離れていたからね。俺が歩けるようになった頃には、他国へ嫁に行ってしまったよ」

ジェラルドはこの王宮で侍女に囲まれて育ったそうだ。侍女たちは嫌いではないが、家族的な愛情の対象にはならなかったという。

「それは寂しかったわね」

「俺にはやることが沢山あったから、寂しくはなかったよ。ああでも……寂しかったのかどうかわからなかっただけかな……。おまえがここに来てからのことを考えると、寂しかったような気がする」

ソフィアに握られている手を、ジェラルドはじっと見下ろしてつぶやいた。その表情に切なげなものを感じて、ソフィアの胸が詰まる。

ジェラルドは孤独がわからないほど孤独だったのだ。

「手を握ることくらいならいつでもするわ。握ってほしかったら言ってね」

笑顔で見上げると、ジェラルドの表情がふっと厳しくなった。

「いつでもって……出来ない約束はしなくていい」

ソフィアが握っている手をすっと抜く。

「出来なくはないわ」

「おまえがいつか国に帰るのなら、いつでもはできないだろ」

拗ねたように言われた。

「あ……」

契約期間が終了して、ロウールに戻った時のことを言っているらしい。

「そうね。じゃあここにいる間だけ」

「……ここにいる間は別のことをするからいいよ。ああ、午後の謁見の時間だ。父上の補佐をしなければならないから王宮へ行く」

ジェラルドはソフィアから離れると、背を向けて出入り口へと歩いていく。

（なんだか機嫌が悪い？）

ソフィアが手を握ったことにより、父母や姉たちから愛情を注いでもらえなかったことを思い出し、気分を害してしまったのだろうか。彼の反応を見るとありえないことではない。

放蕩な父王の代わりに幼い頃から国を背負い、この国をここまでにした裏には、寂しいことや辛いことがあったに違いない。

そしてソフィアは、自分が期間限定の妾であることを再び思い出してしまっている。

この二ヶ月の間、ジェラルドが優しく構ってくれていたから、忘れていられることが多かった。でも、どんなに忘れていても、事実は変わらないのだ。

（わたしは期間限定の妾なのよね……）

テーブルの上の模型を見下ろして、ため息をつく。

『おまえがここに来て、少しでもよかったと思ってもらいたい』

彼が以前ソフィアに言った言葉だ。あの言葉通りにするために、これも作ってくれたのだろう。

ジェラルドの優しさと、一緒にいられる期間が限られていることを思うと、ひどく辛くなってくる。

（な、悩んでも仕方がないわ。妾として好きでいればいいって、決めたじゃない）

後悔の気持ちを誤魔化そうとするように、床に落ちている工具を拾い上げた。模型を作るための道具があちこちに散らばっている。

（侍女を呼んで片づけさせた方がいいかしら）

「ああ、引き出しも開けっ放し」

何かを探すために手あたり次第開けたようだ。

「こういうところも子どもみたいね」

苦笑しながら閉めようとしたところ……。

「誰かの絵？　リスト？」

引き出しの中に袋が入っていて、中から肖像画のようなものが覗いている。袋には候補リストという文字が見えた。

（これ……）

恐る恐る手を伸ばす。

引き出しには袋が何枚も入っていた。一番上にあった袋の破れ目から見えていたのは、若い女性の肖像画である。可愛らしい色のドレスを着ていて、かなり若そうだ。その下にある袋にも、同じような絵が入っているようである。

「ソフィアさま？」

出入り口の方角からミラーの声がして、ソフィアはドキッとした。

「お部屋のお片付けをいたしましょうか」

「え、ええ、お願いするわ」

慌てて肖像画を戻し、引き出しを後ろ手に閉めた。

（いまのはいったい……なに？）

心の中がざわざわし始めている。考えたくない嫌なことが、心の奥底から顔を出そうとしていた。

「わたし、中庭を散歩してくるわ」

ソフィアは逃げるように部屋から出た。

第九章　衝撃の告白

（あれはなに？）

チラリとしか見ていないが、かなり身分の高い女性の肖像画だった。ドレスは可愛らしいけれど、着けている宝飾品は王族クラスだ。小さくて判別出来なかったが、勲章のようなものも見えていた。そして袋には、候補リストと記してあったのである。

ということは、あれはジェラルドの妃候補の肖像画ではないだろうか。半分見えていた肖像画は、擦れている部分もあってはっきりしないが、十三、四歳くらいの少女に見えた。そのくらいの年齢なら、ジェラルドの妃として丁度いい。

（やっぱりお妃候補？　どこかの王女？）

該当する年齢の王女は、近隣諸国にいっぱいいる。ロウールより大きくて豊かな国も多い。そこから正妃を娶る予定なのだろうか。

しかも、袋が破れるほど何度も見ているみたいだ。

(わたしは……正妃を娶るまでの繋ぎ?)

そうに違いない。十代前半の少女に、ジェラルドのあの並はずれた精力の相手などさせられるわけがない。ソフィアのような、年増で身分もそこそこある女にさせればいいということだ。

「う……」

考えていたら気分が悪くなってきた。

中庭をよろよろと歩き、池のほとりにしゃがみ込む。

(やっぱり無理!)

妾として好きでいればいいなど、出来るはずがなかった。

「やっぱり……無理……よ」

今になって後悔が大きな波となってソフィアに覆いかぶさる。このままジェラルドの相手を続けて、彼が妃を娶ると同時にお払い箱になり、そして……。

ジェラルドが可愛い妃と手を取り合い、頬を染めている場面が頭に浮かんだ。

(いやあぁぁぁっ!)

池の周りを囲む石の縁に縋り、心の中で叫ぶ。

初めから閨の相手をするだけという契約だったのだ。今更嘆くことはないと自分に言い聞かせるが、どんどん悲しくなっていく。

地面に手を突き、額を石の縁に乗せて、ポロポロと涙を流した。自分の愚かさと、ジェラルドの妃になれない悲しさで、我慢出来ずに泣いてしまう。

その時、ぼそぼそと声が聞こえてきた。

（だれ？）

女性の声である。ソフィアは慌てて涙を拭き、侍女の誰かだろうかと見回す。

「あら？」

ソフィアは自分のいる場所が中庭ではないことに気づいた。

（ここ、王宮殿と繋がる西の庭だわ！）

中庭を歩き回っているうちに、西の庭まで来てしまっていたようである。

（いけない！）

戻らなくてはと思うが、向こうから人がやってきているので池の縁に身を隠す。

王宮殿に入ってはいけないということは、この西の庭も同様である。王宮殿にいる者に見つかったら大変だ。

「あと少しでジェラルドも十八歳じゃのう」

聞こえてきたのは、王妃の声である。

（なんてことっ！）

これは絶対に見つかったらいけないと、更に身体を低くした。

「そうでございますね」

白髪の女官長の声が答えている。

「やっと正式に王位を継げる成人じゃ。これで陛下は退位できるし、私も肩の荷が下りるわ」

「おめでたいことでございます」

「即位するからには、きちんとした正妃を用意しなければならない。ぐずぐずしていられないのに、ジェラルドはのんびりと妾遊びなどをして、困ったものじゃ」

（妾遊び……）

王妃の言葉が胸にぐさりと突き刺さる。そして、やはりあの肖像画はお妃候補のリストだったのだと思う。

（もう……だめだわ……）

これ以上ジェラルドの側にはいられない。

好きな人がいずれ他のひとのものになってしまう。ジェラルドはきっと、年下の可愛い妃を娶るに違いない。そうしたら、ソフィアには見向きもしなくなるのだろうか。

その時が刻一刻と近づくのを恐れながら、一緒に過ごさなくてはならないのである。そんなこと、絶対に無理だ。

（もう、ロウールに帰るしかないわ。……違約金は、少しずつ払おう）

ソフィアが国に帰る決心をした時、向こうから聞き覚えのある靴音が響いてきた。

「いい加減にしてください母上！」

ジェラルドの怒号が庭に響き渡る。

（な、なぜここに、ジェラルドさまが？）

そっと窺うと、池の向こう側にある石の椅子に腰かけている王妃と女官長のところに、恐い表情のジェラルドが何かを握り締めて近づいて来ていた。

「なんじゃ。騒々しい」

王妃が怪訝な顔で見上げている。

「勝手に私の妃の絵を国内にばら撒かないでください。迷惑だ！」

ジェラルドは持っていた紙を広げて王妃にかざした。

「別によいではないか。皆、妃の絵を見たくてたまらないのじゃよ」

王妃の言葉が聞こえてソフィアは目を見開く。

（もうお妃になる方は決まっているの？）

あの一番上にあった絵の女性かもしれない。袋が破れるほど何度も見ているのだから、きっとそうなのだろう。

「妃になるかどうか……決まってなどいませんよ」

憮然として答えている。

（まだ返事をもらえていないのかしら）

ハルスラスほどの大国で美丈夫のジェラルドの妃なら、誰でも承諾してしまうのではと思う。

「そういう甲斐性なしなことを言うから、わらわが手助けをしてやっているのじゃよ」

ジェラルドを手玉に取ったような笑顔を浮かべている。王妃は候補の娘との結婚を賛成しているようだ。

（ジェラルドさまもなのよね？）

それを思うと悲しくなる。

「あれは手助けにはなりません！　あなたが、妃が来たと晩餐会で皆に言ってしまい、王都にも勝手に御触《おふ》れを出したせいで、それが彼女の耳に入らないようにするのがどれだけ大変なことか！」

ジェラルドがヒステリックに叫んだ。

（は……っ？）

「だから既成事実にしてしまえばよいのじゃよ。のう？」

「ソフィアはそんなことで流されたりしません。彼女はすごく賢いんだ」

「おお、頭のいい妃を娶れるは、いいことじゃ」

王妃の嬉しそうな声が聞こえた。

「そうでございますねえ」

白髪の女官長も同意しながら笑っている。

「笑いごとではない！　彼女を視察に連れて行く時も、妃のことを耳に入れないように細心の注意を払って準備し、あなたが王国中に配った『ソフィアが王太子妃として嫁いでくる』という肖像画つきのビラを、回収するのが大変だったんだ」

視察初日には、全部回収したと思っていたのに店の壁に貼られていたから、慌てて手で隠さなくてはならなかったと訴えた。

（なんですって？）

「ソフィアがこの国に来る時だって、沿道に配られた王太子妃が来るというビラを回収しながら国境まで迎えに行き、嫁入りに相応しい馬車に乗り換えさせなくてはならなかったんだぞ。しかも、晩餐会で貴族たちに妃が決定したと報せてしまっていたのを、ギリギリまで俺に黙っていて……」

晩餐会で令嬢たちに挨拶しようとしたのを、直前で阻止した時は冷や汗ものだったと訴えた。

「それは悪かったと謝ったではないか。晩餐会でわらわが悪者になってやり、あれ以降は王宮殿には来ないように仕向けたであろう？」

王妃がツンとして言い返す。

「あれも、もっと言い方があっただろう？　傷ついて泣いてソフィアが可哀想だった……」

二人の会話を聞いて、ソフィアは身体が震えるのを感じた。

（悪者になってってって？　わたし……騙されていた？　え？　どうして？　妃って……）

頭の中が混乱する。

自分は初めから、国王の妾として迎えられたのではなかった、ということだろうか。

「おまえはソフィアのことになると、口うるさいのう。普段は仏頂面で国務を淡々とこなし、わらわのところに顔を出すこともしないくせに」

王妃は不満げに口を尖らせた。

「当然だろ。国務だってソフィアを俺の妃にしたいからやってやったんだ！」

「早く子を作って、嫌でもそなたの妃になるようにすればよいではないか。まあ、三年も猶予があるのじゃから、焦る必要はないがのう」

出来れば成年式と即位式に間に合わせてくれと王妃は笑う。

「そんなに簡単に行くか！　俺がソフィアを手に入れるために長年どれだけ苦労してきたのか、母上も知っているだろう？　父上の妾にすると騙して、やっと俺のところまで来させたんだぞ！」

ジェラルドの叫び声が西の庭に響き渡る。

「……それは……どういうこと？」

思わず立ち上がったソフィアは、呆然としながらジェラルドに問う。

「おまえ……なぜそこに？」

ジェラルドがソフィアよりも驚いた表情を浮かべた。

「い、今の、聞いていたのか？」

ふらっと二、三歩後ろに下がると、背中が木にぶつかり、ジェラルドの身体がずるずるとずり落ちていく。

見るからに大きな衝撃を受けているという反応だ。そして、へたり込んだジェラルドの後ろで、王妃が口に扇を当てて笑っていた。


妃の宮殿の居間に戻ると、ジェラルドは人払いをして床に片膝をついた。

「聞いての通りだ。済まない」

深々と頭を下げて謝罪する。

「聞いての通りって言われても……わたしを妾にすると騙したとは、いったいどういうことなの？」

きちんと説明してほしいとソフィアはジェラルドに訴えた。

「だから、俺の妃にしたいから、父上の妾という名目でおまえがハルスラスに来るように仕向けたことだ」

「なぜわたしを騙さなくてはならないの？　ふ、普通に、求婚してくれればよかったのに」

「それは……おまえが俺の求婚を断ったからだよ」

不満げに言い返される。

「断った？　いつ？」

意外な言葉に首をかしげる。

「初めは……九年前だ」

「き、九？　って……」

その頃ジェラルドは八歳。ソフィアも十六歳だ。だが、ジェラルドの求婚を断ったという記憶はない。そもそも……。

「わたし、誰からも求婚などされてないわ」

首を横に振る。そのような申し込みがあれば、父が大喜びで飛んでくるはずだ。

「まあ、相手にされなかったからな……」

ジェラルドは立ち上がると、引き出しのある方へと歩いていった。

（あ、あそこは！）

お妃候補の絵が入っているところである。ジェラルドはそこから袋の束を取り出すと、ソフィアが立っている近くのテーブルに乗せた。

「本当は、初めにこれを見せて事情を話すべきだったが、事実を知っておまえがロウールに帰ってしまったらと思うと、出来なかった」

「これは、あの……絵よね？」

「うん。おまえの絵だ」

「わたしの？　まさか……」

驚いて袋を手にする。

中から絵を取り出してみると、やはり十三歳くらいの少女の絵だ。

と、思ったが、絵の下に『ソフィア・ロウール　十五歳』と記されている。

「まあこれ、十五歳の誕生日に描いてもらった絵の写しだわ！」

絵師代をケチってロウール王立美術学校の生徒に描かせたものだった。まあまあ似ているけれど、年齢よりも若く描かれている。

子どもの頃から年相応に見られたことがなく、十五歳の時も同様であったことを、その絵をちゃんと見て思い出した。

「そういえばこれ、お父さまが近隣諸国に配っていたような記憶があるわ」

十五歳になると王女は公にお披露目される。妃としての嫁入り先を打診する意味も込めて、記念の品とともに肖像画が各国に配られるのだ。それがハルスラス王国にも届いたのだろう。

絵は九年の歳月で変色し、紙も劣化しているために、パッと見は別人に見えた。

「俺はこれをひと目で気に入り、父王に妃にしたいと願い出た」

嬉しそうな顔で肖像画を見つめている。

「でも、これが配られた当時、あなたは八歳くらいでは？」

ソフィアの問いかけにジェラルドがそうなんだとうなずいた。

「早速ロウール王国に使者を送ったのだが……。先ほど言った通りまったく相手にされなかった。王女を八歳の王太子の妃になど出来ないと。しかもその当時、俺の国は近隣諸国との戦が激化していて、財政は破たん寸前だ。そんな危ない国になど絶対にやれないとも言われてしまったらしい」

「そうだったの。それでお父さまはわたしにそのことを言わなかったのね」

あの頃は世界的に情勢が不安定だったので、ソフィアの肖像画が届いても反応はなかったと聞かされていた。

「だから俺は、戦を終わらせて国を豊かにし、いつかおまえを俺の妃にしようと誓った」

猛勉強をして国政や兵法を学び、父王に代わって戦を終わらせ、ハルスラス王国をここまで裕福にしたのだと胸を張った。

（わたしのために？）

ドキッとする。

「で、でも、結婚の申し込みなんて、来なかったわ？」

ジェラルドの名など聞いたことがない。

「何回もしたよ。そのたびに、結婚する意思はないとけんもほろろに断られた」

「えええっ！」

驚いたものの、ソフィアはそれで思い出した。

（そんなことがあったような……）

父から結婚の申し込みがきているぞと言われ、その場で話も聞かず断ったことがあった気がする。興味がなさすぎて覚えていなかったようだ。それに、水路や国土開発に忙しくて、結婚を考える余裕などなかったのである。

「それでも俺は諦めきれず、おまえの国に打診し続けた。そうしたらある日、ロウール国王から、結婚よりも金で取引をした方がいいかもしれないという返事がきた。国王の妾として水路代と引き換えなら、おまえが承諾するかもしれない。あとは既成事実を作り、妃にすればいいと」

苦いものでも食べたような顔でジェラルドが告白した。

「わたしのお父さまが？」

ジェラルドがこくりとうなずく。

「ロウール国王は、おまえを俺の妃にすることについて、当初は乗り気でなかった。八歳も年下だから当然だろう。だが、おまえがいつまでも嫁に行かず、とうとう二十五歳になってしまったことで、考えを変えたらしい」

八歳だった王太子も十七歳になっている。それなら夫として不都合はないだろう。

二十五歳を過ぎた頭でっかちな王女を、ハルスラスのような大国が妃にもらってくれることはもうないに違いない。これが最後の機会かもしれないのに、相変わらず王女は結婚したくないの一点張りだ。なんとか嫁に出せないものかと思案したあげく、妾の話を思い付いたらしい。

「ロウール国王は、国の整備や開発を頑張ったおまえにとても感謝していた。今後は女として幸福になってほしいと俺の父に言っていたそうだ。それで、疑われないように国王の妾という名目でおまえを連れて来る計画を立てた」

そこまで言うと再びジェラルドは頭を下げた。

「卑劣な方法を取って済まない。俺は、どうしてもおまえが欲しかったんだ」

ジェラルドからとても苦しげに告白される。

「そ、それも、嘘ではないの？　妾のわたしをからかっているのでしょう？」

呆然としながらソフィアはつぶやく。

「もう嘘などついていないよ」

「それならあなたは、八歳の頃からずっとわたしが好きだったというの？　この、十五歳に好きだというの？」

「こ、この絵を描いた時からもう、十年近く経っているのよ。それなのに、今も同じよう

「そうだよ」

の絵のわたしが？」

信じられないとソフィアは首を振る。

「いや、たぶん、同じじゃないな」

顔を上げたジェラルドが、ちょっと照れたように口の端を上げた。

「その絵より、かなり胸が大きくなっていて、もっと好みになっている……」

相変わらずの精力的発言である。

「や、やっぱりからかっているのね！」

「からかってなどいない！　俺は本気だ。他にも、頭はいいし国民思いの面もあるし、おまえは中も外も、困るほど俺の好みなんだよ！」

「じゃあ、ここにある私の絵以外のものはなんなの？　ほ、他にも沢山のお妃候補がいるわ。その人たちにも同じことを言っているのではなくて？」

引き出しの中に、ソフィアの肖像画の他にも絵が入っていたことを指摘する。

「……そこにあるのは、全部おまえだよ……」

「わたし？」

ジェラルドがテーブルに乗せた分をまさかと思ってめくってみる。

「同じ絵が、何枚も……」

十五歳の時の肖像画が十枚以上も袋に入っていた。他に、二十歳の頃に描かれた父と弟と三人で並んだ家族の肖像画もある。ロウール王国の市庁舎や図書館などに飾られていたものだ。

「この絵は、配られた近隣諸国から買い取った。おまえの絵を他の男に見せたくなかったし、全部自分のものにしたかったからな。あと、家族の肖像画はロウール国内で購入させたものだ。どうだ、これでも俺の気持ちを疑うのか？」

テーブルの上の絵を凝視しているソフィアにジェラルドが言う。

「わ、わかったけれど……困るわ……こんなの……」

ソフィアは震えながら訴える。

「それは俺も十分わかっている。おまえは俺のことなど露ほども知らなかったのに、父王から払い下げられて思いきり好き放題されたあげく、こんなことを言われたんだからな」

しゅんとしてジェラルドが返した。

「そ、そうよ。困るわ。わたしは結婚よりも、やりたいことがいっぱいあったのよ。水路も国土開発も、ロウールの人々を今よりも幸せにすることも、全部やりたいからここに来たのよ。なのに、そんなことを言われたら、帰れなくなるじゃない」

ソフィアはうつむいて訴える。

「俺に構わず帰っていいよ。ああ、金が必要なら約束の分は全額払ってやる。おまえの初めてをもらってしまったし、いい思い出も作れた……」

そこまで言うとジェラルドは眉間に皺を寄せ、本当は絶対に帰したくないけれど、と小さくつぶやいた。

「お金のことじゃないわ。わたし……妾として来るんじゃなかったって、ずっと後悔していたのよ。でも、八歳も年上だし突然国王さまから押し付けられた女だから、あなたにとってはその程度の存在だから、どうしようもなくて……だけどそれがすごく悲しくて……」

訴えている途中からソフィアの目に涙が溢れてくる。

「ソフィア？　おまえ何を？」

ジェラルドの目が大きく見開かれた。

「あなたが好きだから、いつかあなたがお妃を迎えるのかと思ったら、どうしようもなく辛くなったの。それで悩みながら庭を歩いていたら、西の庭に足を踏み入れてしまっていたわ。あそこで泣きながらロウールに帰ろうと決心したのに、王妃さまとあなたから事情を聞かされて、あなたがわたしを本気で好きだから騙していたのだと説明されて……わたしはいったいどうすればいいの？」

泣けばいいのか喜べばいいのか悲しめばいいのか怒ればいいのか……。ソフィアの頭の中は激しく混乱している。

「どうすればって、俺が好きなのか？　それならもう俺の妃になるしかないだろう？　だが、それこそ本当なのか。金が欲しいから好きだと嘘をついているんじゃないのか。でも、嘘でもいいよ。俺の妃になってくれるのなら、可能な限りいくらでも払うよ」

ジェラルドが気前のいいことを口にする。

「だから、お金のことじゃないわ。わたしはあなたとずっと一緒にいたいけれど、ロウールを見捨てるわけにはいかないのよ。この国の人々と同じくらい豊かで幸せにしてあげたいの」

ソフィアは混乱しながらも自分の状況を泣きながら訴えた。

「大丈夫だよ。妃になっても、ロウール王国の開発はここで出来る。俺が手伝ってやれば、我が国のようないい国になるよ」

ボロボロと涙を流すソフィアを、ジェラルドは優しく抱き締めた。

ロウール王国に、ソフィアがジェラルドと正式に結婚することが伝えられたのは、それからすぐのことだった。

「まあ、ついに姫さまの結婚が決まりましたのね！」

国王に呼ばれたレラ侍女長は、満面の笑みを浮かべる。

「これでわしの肩の荷も下りたわ」

やれやれと首を回す。

「陛下。おめでとうございます。計画通りに進みましたね」

「ああ。おまえにも苦労をかけた」

国王が労《ねぎら》いの言葉をかけた。

「本当に、陛下の計画をハルスラス王国で聞かされた時は仰天しましたわ。どうしてここを出発する前に教えてくださらなかったのかと、怒りもいたしました」

レラ侍女長が口を尖らせる。

「済まぬ済まぬ、事前に知らせてソフィアが察知し、行かないと言い出したら困るからな。妾偽装計画は、ごく一部の者にしか知らせられなかったのだよ」

「それはわかります。ソフィアさまは賢いお方ですからね。でも、ハルスラスにおひとり残してロウールに戻るのは、心配で後ろ髪を引かれる思いでしたわ」

ジェラルドとの関係を深めて、少しでも早くハルスラスの生活に慣れるようにという配慮から、侍女も持参した荷物も持って帰らされたのである。困ったことがあれば向こうの侍女やジェラルドに頼るしかないという状況にしたのだ。

「わしなりに、ハルスラスのジェラルド王太子のことは調べた。若いのに有能で家臣からの人望も厚い。侍女に手を出すような不埒な行いもなく、ソフィアをずっと想い続けている一途な面も確認出来た。八歳年下ということ以外は理想的な嫁入り先じゃ」

国王は目じりに皺を寄せ嬉しそうにうなずく。

「これでやっと、再びハルスラスに行って姫さまにお会い出来ますわ。婚礼のお支度をしに行く日が待ち遠しいです」

レラ侍女長も微笑みながら頭を下げる。

ロウールに戻って来てからは、レラは他の侍女たちとともに婚礼の衣裳を用意していた。ハルスラス王国の王太子妃に見合う婚礼支度をしながら、朗報を待っていたのである。

「さあて、ウエディングドレスを仕上げてしまわないといけないですわね」

宝石を縫い込んで花模様を描いた豪華なウエディングドレスを仕立てている。

これまで華美なドレスを嫌っていたソフィアのために、こういうドレスは作りたくとも作れなかった。やっと腕を振るえると、レラと侍女たちは意気込んでいる。

「王太子の婚礼も挙げられて、良いことづくしだ」

姉が結婚せず国のために働いているのに、自分だけ華美な結婚式をするのは心苦しいと、ソフィアの弟は結婚式を先延ばしにしていた。


レラ侍女長がウキウキと婚礼の支度を始めた頃……。

「はぁ、あぁ……ジェラルドさま……も、中がいっぱいで……くるし……」

ソフィアはベッドの上で悶え喘いでいた。

「うん。さすがに抜かずの三回連続で射精《だ》すと、中がぐちゅぐちゅだね」

ソフィアの膝裏を抱えて、腰を前後に揺らしながらジェラルドが答える。

グチュッグチュッと淫らな水音が響いた。

「お、おねがい……すこし、休ませ、て、あぁんっ」

いいところを狙うように突かれて、ソフィアは首を反らして喘ぎ声を発する。

「う、中が締まった。いいみたいだから最後までやろう」

ジェラルドの腰使いが速くなった。

「ひっ、い、あんっ、だめ、感じちゃう……んんっ、うっ」

「ふふ。感じているおまえは可愛いな」

ジェラルドが嬉しそうな笑顔を浮かべる。

「あ、あっ、そこ、んんっ、いい……あぁんっ」

三回もソフィアに注いだのに、ジェラルドの熱棒は硬さを失わない。それどころか、蜜壺の中で更に膨らんでいく。

再び強い官能の熱がソフィアにもたらされた。

「このピンク色で可愛らしい乳首を持つ大きな乳房が、未来永劫俺のものになるとは、幸せすぎて恐いぐらいだ」

ソフィアの膝を抱えたまま、ジェラルドは乳房の谷間に顔を埋める。

ちゅっと吸い付かれて、新たな刺激にソフィアの身体がビクンッと震えた。

「あ、はぁ、そんなに、吸っちゃ……」

喘ぎながら首を振る。

「んーでも。美味いんだよ」

ちゅっちゅっと更に吸い付く。

「だめ、あ、痕が、ついちゃう……ドレスが着られなく、なるわ」

困るからと懇願する。

「婚礼の日までまだ日にちがあるから、それまでドレスなど着られなくていいよ」

「ど、どうして？」

「おまえを俺以外の男に見せたくないから」

答えながら乳首をペロリと舐めた。

「はふっ、ん、お、男の人って……」

「弟のサスラスだよ。あいつはおまえを狙っている。昔から俺の部屋にこっそり入って、おまえの絵を盗み見ていたんだよなあ」

ジェラルドが戻ってきたことに気づき、慌てて仕舞おうとして袋を破ったこともあると憤慨している。

「そ、そうなの？　はあ、んんっ、乳首、だめ、弱いから、あぁ」

尖らせた舌先で舐め回されると、熱棒を挿入されている蜜壺まで刺激が伝わった。

「父上も、なにかとおまえを気にしている発言をする。節操のないところもあるから、それも心配だっ」

ぐっと腰を進められた。

「あ、くっ、奥、深……いぃぃ」

「苦しげに悶えるおまえも可愛い。俺に感じていると思うと、何度見ても興奮する。ここはどうだ？　感じるだろう？」

蜜壺の最奥を突き、膝を抱えたままソフィアの乳首を摘まんだ。

「ひあっ、同時はだめ、あ、あぁんっ、ま、また達ってしまいそう……」

「うん、俺の目の前で可愛く達ってごらん」

悶え喘ぐソフィアを見下ろし、ジェラルドは満足げな笑みを浮かべる。

「や、あぁ……なか、熱い、あふんっ」

「ふふ。俺も一緒に達ってやろう」

ソフィアの嬌声と更に量が増えたとわかる水音が寝室に響く。

「おまえの中は最高だ。今夜は何度でも射精《だ》せそうな気がする」

達して目の前が真っ白になったソフィアの耳に、とんでもない言葉が聞こえてきた。

（何度でもですって？）

「も、今日は……無理……」

勘弁してとソフィアは力なく首を振る。流石に抜かずの四回は限界だ。

「おい、夫を満足させるのは妻の仕事だろう？」

ぐったりしているソフィアに、ジェラルドが意地悪く腰を使う。

グジュッグジュッという先程よりも水量が増えた音がする。

「……ほんと……に、無理だから……お願い、ま、前と同じ、二回にして……」

「だーめ。回数を決めるのは妾だった時だけ。俺たちは夫婦になるのだから、そういうのは無しだよ。愛に制限はないんだぜ」

意識が遠くなり始めたソフィアに、ジェラルドの鬼畜な声が届く。

ジェラルドのことは好きだけれど、体力がついていかない。これなら、回数を決めていた妾のままで居た方が良かった気がする。それか、妻になるのは妾の契約を終えた三年後とか……。

（そうすれば……よかったかも）

二十歳になればジェラルドの性欲も少しは落ち着くはずだ。

精力が有り余っている十七歳との結婚は、早まったかもしれない。

淫らな闇に堕ちて行きながら、ソフィアはちょっとだけ後悔した。

終　章　過剰な寵愛伝説

ソフィアがハルスラス王国に来てから半年後。

ジェラルドとの婚礼の日がやってきた。

この国の婚礼は、まず真っ白な王太子服と婚礼儀式用ドレスを身に着けた新郎新婦が、王宮内の神殿で永遠の愛を誓うことから始まる。

ジェラルドは終始上機嫌で、誓いの言葉を述べた時は大声すぎて、神殿中にいつまでも反響していた。

ソフィアは前日にジェラルドから、『独身最後だから』というわけのわからない理由で、あまり寝かせてもらえずフラフラである。しかし、持ち前の若々しい容姿のせいか、可愛らしい、初々しいと、参列者から賞賛の声を多数かけられた。

神殿での儀式が終わると、二人は正装用の王太子服と豪華なウエディングドレスに着替え、結婚披露の宴が催される。

「このドレス、本当にあなたたちが作ったの？」

披露宴用のウエディングドレスに着替えたソフィアは、鏡に映った自分を見てレラに問いかけた。

「そうでございます。ああ、なんてお似合いなのでしょう」

「本当にお可愛らしい」

「想像以上に素敵ですわ」

レラたち侍女が賞賛する。

「こんなにたくさんレースや宝石を使って……国庫は大丈夫なの？」

高価な宝石がドレスに数多く縫い込まれていて、心配になった。

「国庫とこれは別でございます。姫さまがお生まれになられた時から、結婚する日のために積み立てていたのですからね。亡き王妃さまがお始めになられたのですよ」

レラ侍女長が言いながら心配ないとうなずく。

「お母さまがこれを？」

随分前に亡くなってしまっていた母が、自分のために生前そんなことをしてくれていたことを初めて知った。母の想いに対する感動と、この姿を見せてあげられなかった残念さに、ソフィアはじんっとする。

「当初の予想より長く積み立てることができましたので、豪華にお仕立することが出来ましたのよ」

湿っぽくなっていたソフィアの耳に、レラのからかうような声が届いた。

「レラったら意地悪ね。結婚が遅くなったのをまだ怒っているの？」

口を尖らせてソフィアは言い返す。

「当然でございます。こんなに素敵な花嫁になれる日を、こ、こんなに待たせられて、亡き王妃さまにも申し訳なく……ああでも、本当に、本日は、うれしゅうござい、ます」

最後の方は涙声になってしまっていた。

「わ、わかったわ、レラ。あなたには苦労をかけたものね。今まで、母親代わりに色々としてくれて、感謝しているわ。皆も、わたしの婚礼のために遠いところを来てくれて、ありがとう」

「姫さま……」

侍女たちも目を潤ませた。

「いつまでそれは続くんだ？　そろそろ時間だぞ」

感動しているソフィアの後ろから、ジェラルドの声が飛んできた。

「あら、もうそんな時間？」

披露宴の前に王宮前広場のバルコニーで、国民に向かって挨拶しなければならないのである。

（ジェラルドさま……素敵だわ）

金モールや勲章など、煌びやかな飾りのついた正装用王太子服に着替えたジェラルドは、うっとりするほど美麗だ。深みのある緑色の瞳も魅力的で、艶やかな黒髪をなびかせながらソフィアの前まで歩いてくる。

「さあ行こう」

ソフィアの手をジェラルドが取った。

「はい」

これから国民へ挨拶をする。

（こんな日が来るなんて……）

ソフィアはしみじみと嬉しく思う。かつて、妾の自分を王女だと慕ってくれていた人々に、今度は王太子妃として正式に挨拶出来るのである。

ジェラルドと手を繋ぎ、控室から廊下に出て、バルコニーのある場所へ行こうとしたのだが……。

「待ちや！」

廊下の反対側から厳しい声が飛んできた。

「お、王妃さま！」

ジェラルドの母親である王妃が、女官長を従えて立っている。

「王妃ではない。もう神殿での儀式を終えたのじゃから、お義母《かあ》さまと呼びなさい」

厳しい声が飛ぶ。

「すみません。お義母上《ははうえ》さま」

ドレスの裾を摘まみ、ソフィアは頭を下げた。

あれから一度だけ、以前の意地悪を詫びられた時に王妃と会ったが、その後は晩餐会などで顔を合わせても挨拶しかしていない。なんとなく、王妃から近寄るなというオーラを感じていた。

その王妃に声をかけられて、ソフィアは緊張する。

「神殿で誓いを行ったのだから、そなたはもう王太子妃じゃ。今更逃げられないことはわかっておるな？」

言いながら王妃がつかつかと近づいてくる。臙脂色のドレスに金の飾りが縫い込まれた豪華で迫力のあるドレスを纏っていた。

「母上、何をなさるおつもりですか」

ジェラルドが怪訝な顔で問いかける。

「もう結婚したのだからいいじゃろう。ジェラルドは、そなたがわらわを恐れて結婚をやめて国に帰られたら困るからと、婚礼まで近寄るなと言ったんじゃ」

ふんっという顔でジェラルドからソフィアに視線を移した。

「ジェラルドさまったら、お義母上さまにそんな失礼なことを？」

「当然だ。以前おまえを泣かせたのだからな」

腕を組んでジェラルドが言い返す。

「とにかく、もう解禁になったのじゃ。これから国民に挨拶もせねばならぬ。だからわらわは、そなたにこれを進ぜよう」

王妃は女官長に目で合図をする。女官長が差し出した箱の中に手を入れ、中から大粒のサファイヤが煌めく首飾りを取り出した。

「これを嫁にやるだけじゃ。よかろう？」

ちらりとジェラルドを見る。

それならいい、というふうにジェラルドが王妃にうなずいた。

王妃はソフィアの後ろに回り、首飾りを回しかける。

「この首飾りは、代々の王太子妃に受け継がれているものじゃ。わらわもこの国に嫁いできて、これを義母から賜わった」

「はい。ありがとうございます」

首飾りを着けてくれている王妃に礼を告げる。

「これをそなたに着けてやる日が来たこと、わらわはとても喜んでいる。そなたが我が国に来る前日まで、本当に大変であった。妃の宮殿を飾るために、毎晩深夜までつき合わされてのう」

王妃の言葉に、どういうことかとソフィアは首を回した。

「母上！　それは言ってはならぬと……！」

ジェラルドが焦って声を上げるが、王妃は思いきり無視して話を続けている。

「王太子の宮殿などどうでもいいから、妃の宮殿をソフィア好みにするのだと、わらわや侍女たちに女性はどういうのがいいのか、大人の女性は何が好きなのか、毎日毎日うんざりするほど……のう？」

王妃が女官長に同意を求めると、白髪の頭をこくりと前に下げた。

廊下の会話が聞こえていたらしく、控室の中でミラーたちがぷっと吹き出している。

ソフィアの隣に立つジェラルドは憮然とした表情だが、耳が赤い。

（なんだか、可愛い……）

「そなたが来たことで、わらわたちはやっとお役御免になり、嬉しくてつい王太子妃が来たと皆に言ってしまったのじゃ」

そういうわけだったのかと、王妃の言葉にソフィアはうなずく。

「それでソフィアを泣かせるようなことになったんだよな」

ジェラルドが王妃を睨む。まだあのことを根に持っているらしい。

「過ぎたことはよいではないか。ソフィアが来てわらわも嬉しかったのじゃ。おまえだって、前々日から興奮していて眠れずに、馬車の中で寝こけたのであろう？」

「そ、それも言わない約束だろ！」

更に焦った表情でジェラルドが訴えた。

「もしかして、馬車の中で寝ていたのはそれが理由だったの？」

驚いて聞き返すソフィアに、ジェラルドは大きなため息をついた。

「……なかったんだ……」

ぼそっとつぶやく。

「えっ？」

「お、おまえに会えると思ったら、眠れなかったんだよ。あと、母上の撒いたビラの回収もしていて疲れていたし……だが、ずっと眠っていたわけではないぞ」

（それであの時……）

眠ったふりと言っていたけれど、眠っていた時もあったのだ。そしてその理由が、自分に会えるから寝不足だったということである。照れたように横を向いたジェラルドが、いつになく可愛く見えた。

「あのビラはわらわではない。陛下がうっかり情報局に口を滑らせてしまったのじゃ」

「とにかく、俺は大変だったんだ。もう留め金は嵌まったんだろ？　皆が待っているのだから行くぞ！」

「は、はい」

いつまでもこんなところにいられないと、ソフィアの手を取って歩き出す。

ソフィアは笑いながら彼についていく。

「まあ、母上は見かけほど厳しくないから安心しろ。父上も、もう歳だから女遊びもしなくなり、大人しくなった。これからこの国は、俺とおまえで引っ張っていくことになる。もちろんロウールも一緒に、いい国にしていこう」

「ええ。ありがとう」

「その第一歩があそこでの挨拶だ」

ジェラルドが示した先に、王宮広場に面したバルコニーがあった。既に人々の歓声が聞こえてきている。

ソフィアはジェラルドと手を繋ぎ、幸せに向かって歩いて行った。


美丈夫な王太子と、小国の可愛らしい王女との結婚を、両国民はたいそう喜んだ。

結婚を祝う祭りは両国で何日も続き、二人を祝福した。

ロウール王国では、婚礼景気が経済の上向くきっかけになったと伝えられているが、王女が建設した水路が完成したことも大きな要因だったと、後に分析されている。

ソフィアが纏ったウエディングドレスは可愛いと評判になり、ハルスラス王国では同じ型のドレスで式を挙げるのが、長く流行ったそうだ。

ジェラルドの絶倫ぶりは密かな伝説になっていたが、ソフィアが懐妊するとなりを潜めたと伝えられている。

子どもが出来たことで安心したという説と、ソフィアに嫌われそうになったから控えた

という説と、そういうサカリの時期を過ぎたからという説がある。

ジェラルドとソフィアの間には十人以上の王子と王女が誕生しているので、減ったと言っても通常に戻った程度ではないかという説も囁かれた。

なんにせよ、両国の繁栄と二人の幸せが末永く続いたことだけは、誰もがうなずく伝説である。

おしまい

あとがき

こんにちは、しみず水都《みなと》です。わたしの本をお手に取っていただけましたこと、大変嬉しく思います。

今回のお話は、若くて俺様な王太子に、ちょっと嫁き遅れた感のある年上の王女が、愛情たっぷりに心も身体も愛されてしまうという、タイトル通りの設定です。

読みどころは、やっぱりあれです。若さ溢れる王太子の圧倒的な精力に、年上の王女が翻弄されまくる場面ですね！

ほんとにもう、あっちでもこっちでも、サカリすぎでしょ！　って突っ込みたくなるくらい、サカッておりますです。王太子絶倫すぎです。

まあ、このジャンルでは珍しくない設定ですね。ただ、ヒロインがかわいいだけの王女じゃないところが、ちょっとだけ異質かな？　理系女子《リケジョ》的？

頭でっかちな王女が、年下の王太子と関係することによって、色々と変化していくところなども楽しんでいただければ、嬉しいです。

このところシリアスめのお話を書くことが多かったので、明るい俺様ヒーローは久しぶりでした。でも、不思議なくらいするするとお話が出てきて、二人のあれこれを書くのが楽しかったです。


イラストを担当してくださった龍本《たつもと》みお先生。

大変お忙しい時期にお引き受けくださり、感謝しております。年上だけれど可愛い系で巨乳、という妙な設定のヒロインを、わたしのイメージぴったりに描いてくださいました。傲慢な年下王太子のジェラルドも、ソフィアが羨ましくなるほど素敵な美男子で、大変嬉しかったです。


担当してくださった編集さま。

今作を書けましたのは、ひとえに担当さまの「年下ものはどうですか」というお勧めのおかげです。ご提案をいただいてすぐに二人のキャラとエピソードが浮かび、楽しく書くことが出来ました。

お忙しい中、丁寧なアドバイスもありがとうございました。おかげさまで素敵な作品に仕上げることが出来ましたです。

そして読者の皆様！

いかがでしたでしょうか。いつもよりかなり「やってる感」のある（笑）お話でしたが、楽しんでいただけましたか？

ご意見ご感想等、よろしかったらお聞かせくださいませ。今後とも、応援よろしくお願いいたします。

しみず水都

過剰《かじょう》な寵愛《ちょうあい》
若《わか》き王《おう》太《たい》子《し》殿《でん》下《か》のオレ様《さま》なプロポーズ

ティアラ文庫をお買いあげいただき、ありがとうございます。
この作品を読んでのご意見・ご感想をお待ちしております。

✦ ファンレターの宛先 ✦

〒102-0072　東京都千代田区飯田橋3-3-1
プランタン出版　ティアラ文庫編集部気付
しみず水都先生係／龍本みお先生係

ティアラ文庫&オパール文庫Webサイト『L’ecrin《レクラン》』
http://www.l-ecrin.jp/

著者――しみず水都（しみず　みなと）
挿絵――龍本みお（たつもと　みお）
発行――プランタン出版
発売――フランス書院
〒102-0072　東京都千代田区飯田橋3-3-1
電話（営業）03-5226-5744
（編集）03-5226-5742
印刷――誠宏印刷
製本――若林製本工場

ISBN978-4-8296-6736-1 C0193

Illustration©Mio Tatsumoto
「それにしても、いい形と大きさだな。手にぴったりだ」
乳首も露わに出てしまった乳房を、ジェラルドの手が包み込む。